새벽을 사랑하는 남자

소소한 삶,
느슨한 삶,
간결한 삶을
꿈꾸는 그대에게…

새벽을 사랑하는 남자

글 - 김규섭
그림 - 김태연

정은출판

| 작가의 말 |

아내에게 물었다. "책 제목은 뭐로 하지?" 한참을 생각하던 아내가 말했다. "당신은 새벽에 글을 쓰잖아요. 새벽을 사랑하는 남자 아닌가요?" 그러고 보니 이 책에 수록된 글들은 대부분 새벽에 쓴 글이다. 그래도 외롭지 않았다. 창가에 쏟아져 내리는 새벽별이 좋았고 가끔씩 찾아오는 고독마저도 나에게는 좋은 친구였다. 그래, 나는 새벽을 사랑하는 남자였지….

수필은 붓 가는 대로 마음 가는 대로 쓰면 되는 줄 알았다. 그런데 그게 전부가 아니었다. 내 삶의 과거와 현재를 기록하고 그 바탕 위에 미래의 꿈을 그려가는 과정이었다. 그리고 저문 날의 기억들을 더듬어 추억으로 물들이는 고된 순간이었다. 글을 쓰는 일은 도공이 흙을 빚어 도자기를 구워내는 일과 비슷하다는 생각이 들었다.

처음 글을 쓸 때는 사람들 속에서 사람 냄새 묻어나는 글을 쓰고 싶었다. 무언가를 채워서 느끼는 충만보다 비워서 오히려

고요해지는 글을 써야겠다고 마음먹었다. 세월이 흐르면 저절로 그렇게 되는 줄 알았다. 돌아보니 보는 눈은 높아진 것 같은데 글은 아직도 처음 그 자리를 맴돌고 있다. 틈틈이 쓴 글을 모아 책으로 엮으려니 용기가 나질 않는다. 작품이 초라하다. 한 장 한 장 원고를 정리하며 뒤돌아보지 않기로 마음먹었다. 누군가 단 한 사람만이라도 글을 읽고 공감해 준다면 그것으로 족하다.

애정 어린 마음으로 작품 해설을 써주신 수필가 김홍은 충북대학교 명예교수님께 감사드린다. 그리고 언제나 첫 독자가 되어주는 아내에게 고마움을 전한다. 따뜻한 그림을 그려준 딸 태연이와 글의 주인공이 되어준 아들 원용이, 태용이에게도 사랑한다는 말 전하고 싶다.

2020년 늦가을

김규섭

차례

2장 | 무심천의 새벽

3장 | 철없던 남편

4장 | 안심사 가는 길

5장 | 연인처럼

|1장|

아버지의 눈물

"술 조금만 마셔라! 건강 잃고 후회하면 그때는 늦는다."
수화기를 타고 한결같이 들려오는 아버지의 목소리가 그리운 아침이다.
쉰 나이 살면서 자식도리 다하지 못함에 눈물이 난다.

골목길 옆 족발 집

석등石燈

젓가락 1

아버지의 눈물

섬 집 아기

작은 영웅들

오십 대의 자화상

오래된 도시

버들피리 추억

골목길 옆 족발 집

늦은 밤부터 내린 비가 출근길에도 이어졌다. 이런 날에는 오랜 친구를 만나 허름한 선술집에서 족발 한 접시에 막걸리 한 사발 따라 놓고 수다를 떨고 싶다. 정이 그립고 추억이 떠오르기 때문이다. 그럴 때면 생각나는 곳이 있다. 청주 사람이면 누구나 한 번쯤은 가봤을 법한 곳, 왠지 넥타이를 맨 사람보다는 작업복을 입은 사람들에게 더 잘 어울릴 것 같은 곳, 북부 시장 안에 있는 삼미 족발이다. 이곳은 호사스럽지는 않아도 정이 있고 사람들의 이야기가 있다.

구불구불한 북부 시장 골목길에는 어린 시절 어머니와 함께 걷던 추억이 있다. 명절이 다가오면 나와 동생들은 설빔이라도 얻어 입을 생각에 밤잠을 설쳤었다. 그리고 어머니가 장에 가는 날이면 고리땡바지(골이 있는 천으로 만든 바지) 골타리에 두 손을 찔러 넣고 누런 콧물 훌쩍거리면서 어머니 뒤를 졸졸 따라다녔다. 그 시절 설빔이라고 해야 일 년 내내 입을 수 있는 평상복이 전부였지만 그래도 새 옷에 대한 기대는 컸었다. 옷 가게에 들러 설빔을 사신 어머니는 나와 동생들을 데리고 가뭄에 콩나듯 아주 가끔씩 족발을 사주셨다. 이것이 삼미 족발과 맺은 나의 첫 인연이다.

그 후로도 나는 가끔씩 이곳을 들렀다. 학창 시절에는 친구들과 족발 집 귀퉁이에 모여앉아 소주잔 기울이며 미래를 이야기했고, 백수 시절 아내와 연애할 때도 이곳에 와서 족발을 먹으며 사랑을 나눴었다. 그래서인지 북부 시장 골목길이 나에게는 친숙하면서도 애틋하다.

삼미 족발은 북부 시장으로 들어서는 골목길 초입에 있다. 식당 안은 소박한 주인아주머니의 얼굴만큼이나 꾸밈이 없다. 70년대 선술집 그대로의 모습이다. 홀은 그냥 콘크리트 바닥이고 방에는 몇 개의 교자상과 수저통만 놓여있다. 그런데도 사람들의 발걸음은 끊이질 않는다. 주인아주머니의 후덕한 인심과 손맛 때문이 아닐까 싶다.

이곳의 메뉴는 단출하다. 족발과 수제비밖에 없다. 족발은 그날 들여온 신선한 족足을 육수에 담아 연탄불에 오랜 시간 삶아서 만든다. 아주 오래된 전통 방식이다. 양념을 많이 넣지 않아도 족발 맛이 담백한 것은 아마도 육수에 그 비밀이 숨어 있는 듯하다. 곁들여져 나오는 콩나물국은 북어로 우려낸 진한 국물과 사각거리는 콩나물이 적당히 조화를 이루어 칼칼하고 시원하다. 이만한 안주에 막걸리 한 병이면 허리띠 풀어놓고 회포를 즐겨도 부족함이 없다.

수제비는 맑은 물에 황태포와 콩나물 그리고 청양 고추를 썰어 넣는 것이 전부다. 그래도 점심때가 되면 사람들이 줄을 선다. 모든 것을 덜어낸 단순함의 경지에서 나오는 수제비의 참맛 때문이리라. 처음부터 수제비를 팔았던 것은 아니다. 술 드신 후 해장하러 찾아오는 단골손님들을 대접하기 위해 시작했던 것인데 입소문을 타면서 메뉴가 되었다. 세상은 빠르게 변하고 있는데 족발 집의 풍경과 음식 맛은 세월이 흘러도 변하질 않는다. 된장과 고추장은 오래 묵을수록 좋다고 했던가. 맞는 말이다. 큰 욕심부리지 않으면서 사람 냄새 배어 있는 오래된 건물과 40년 전통의 맛을 변함없이 지켜가고 있는 족발 집 사람들의 고집스러움이 나는 좋다.

돌아오는 토요일에는 바쁘다는 핑계로 그동안 소식조차 전하지 못했던 고향 떠난 친구들에게 번개팅 한번 제안해 봐야겠다. 친구들이 내려오면 북부 시장 골목길 이곳저곳을 함께 걸어보고 싶다. 그리고 학창 시절에 그랬던 것처럼 쫀득한 족발 안주에 막걸리 한잔 나누면서 그 옛날 조각난 기억들을 하나 둘 맞춰 보고 싶다. 오래전 고향을 떠난 친구들이지만 그래도 북부 시장 골목길과 삼미 족발에 얽혀있는 작은 추억 하나쯤은 기억하며 살겠지…. 그날도 오늘처럼 비가 내렸으면 좋겠다.

석등石燈

고즈넉이 구비치는 능선 너머로 새벽달이 구름 속에 몸을 가린다. 자연의 미는 능선의 미라고 했던가. 끊어질 듯 이어지는 속리산 자락의 능선은 보면 볼수록 내 누이의 속눈썹처럼 깊고 부드럽다. 구비치듯 흘러서 유유히 뻗어나간 천왕봉을 바라보니 마음속의 시름이 눈 녹듯이 사라진다. 그래서 속리산은 멀리서 보는 풍경이 아름답다.

아득한 옛날부터 법주사를 찾는 사람들이 숱하게 걸었던 길. 지금 나는 새벽달을 친구삼아 법주사 오리숲길을 걷고 있다. 대웅보전 앞에 고독하게 서 있는 석등을 만나러 가는 길이다. 숲길에는 오래된 소나무와 전나무, 참나무가 직선과 곡선의 조화를 이루며 길손을 반갑게 맞아준다. 먹을 것을 찾던 다람쥐도 일손을 잠시 놓은 채 법주사를 향해 두 손 모아 합장을 하고 있다. 새벽부터 울어대는 매미 소리를 시샘이라도 하듯 골짜기에서 불어오는 마파람이 숲속의 나뭇잎을 흔들고 지나간다.

수정교를 지나 금강문을 들어서니 호서제일가람湖西第一伽藍답게 팔상전과 대웅보전, 금동미륵대불이 눈에 들어온다. 박물관이 따로 없다. 문장대와 관음봉을 배경으로 시원하게 펼쳐진 사찰의 공간이 단아하다. 비움과 충만함의 조화로움이 이런 것일까? 풍수에 어두운 내가 봐도 장차 중생을 구원하러 이 땅에 오실 미륵 부처님을 품고도 남을 만한 넉넉함이 있다. 저 멀리 회색 승복을 입고 나부끼듯 걸어가는 시자侍者 스님의 뒷모습도 넉넉해 보인다.

팔상전을 돌아 대웅보전으로 향하는 길, 초라한 전각 안에 석등 하나가 서 있다. 통일신라시대에 만들어진 쌍사자석등이다. 누가 만들었을까? 사자 두 마리가 가슴을 맞대고 앞발과 주둥이로 화사석을 받쳐 든 모습이 범상치가 않다. 천년의 세월이 흘렀어도 머리의 갈기와 다리의 근육은 아직도 살아있어 금방이라도 포효하며 튀어나올 것만 같다. 자세히 들여다보니 인고의 세월을 버텨낸 훈장 같은 상처들이 온몸에 가득하다. 아무도 보는 이 없는 쌍사자석등의 빛바랜 자태가 금동미륵대불의 화려함과 대비되어 더욱 고아古雅하다.

화사석을 받쳐 들고 서 있는 저 사자는 무엇을 의미하고 있는 걸까? 염불하는 법승과 참선하는 선승의 모습이라고도 하고, 사자의 암놈과 수놈을 사실적으로 표현한 것이라고도 한다. 화사석의 등불이 부처님의 진리를 의미하는 거라면 등불을 받쳐 든 저 사자의 모습은 부처님의 말씀이 머무는 절, 법주사를 의미하고 있는 것은 아닐까?

쌍사자석등을 뒤로하고 조금 더 걷다 보면 대웅보전 법당 앞에 사천왕 석등이 무구無垢하게 서 있다. 소박함이 묻어나는 이 석등은 간결하고 속됨이 없어서 좋다. 화사석을 넌지시 깔고 앉은 옥계석의 날렵함도 아름답다. 법당 앞에 조용히 어둠이 내리면 저 석등에 밝혀진 불빛들이 화창 밖으로 새어나와 댓돌 위에 가지런히 놓여있는 스님의 하얀 고무신을 은은하게 비췄겠지. 문틈 사이로 흘러나오는 스님의 낭랑한 독경 소리는 삶에 지친 중생들의 어리석음을 환하게 밝혀주는 등불이 되었으리.

추운 겨울, 스님의 독경 소리에 맞춰 두 손 호호 불어가며 무릎이 시리도록 백팔 배를 올리시던 할머니의 얼굴이 법당 앞 창살문에 그림자 되어 나타난다. 아직은 이른 새벽, 쌍사자석등도 사천왕석등도 잠들어 있다. 지금 나는 두 석등을 바라보며 시간이 흐를수록 더욱 멋스러워지는 것들의 깊이를 새삼 느낀다.

속세를 떠난 산, 속리산은 초록으로 온몸을 물들일 듯 푸르다. 저 멀리 배롱나무에 붉게 물든 백일홍이 화사하다. 법당 앞 보리수나무 벤치에 앉아 산행의 피곤함도 인생의 고달픔도 모두 놓아버리고 여름이 지나가는 것을 한참 동안 바라보았다. 그 속에는 오랜 세월 이 자리를 지켜온 법주사의 역사도 함께 지나가고 있었다.

* 시자侍者 스님 : 어른 스님을 옆에서 받들어 모시는 스님(비서)

젓가락 1

순풍이 코끝을 스쳐 허공으로 흩어지는 일요일 오후. 친구가 젓가락 공방을 여는 날이다. 청주에서 젓가락을 전문적으로 생산하는 공방은 아마도 이곳이 처음인 듯하다. 열 평 남짓한 공방 안에는 지역 작가들이 만들어 놓은 나무젓가락과 함께 나란히 진열되어 있는 그림 한 점이 눈에 띄었다. 석양이 질 무렵 둥구나무 그늘 아래 부부가 마주 앉아있는 그림이었다. 밀짚모자를 쓴 남편은 수건을 목에 두르고 앉아 막걸리를 시원하게 마시고 있고, 아내는 광주리에 담겨 있는 안주를 젓가락에 집어 들고 남편의 입에 넣어주려 기다리고 있다. 흐뭇하게 바라보는 아내의 모습이 행복해 보인다. 아내는 일에 지친 남편을 위해 정성스레 새참을 준비했을 것이다. 그리고 음식을 머리에 이고 남편에게 달려가다가 마을 양조장에 잠시 들러 막걸리 한 사발을 구하지 않았을까? 그림 속의 젓가락은 더 이상 음식을 집는 도구가 아니라 두 사람의 마음을 이어주는 애틋한 소통의 수단이었다.

우리 조상들은 젓가락 장단을 좋아했다. 마을에 행사가 있으면 어김없이 술판이 벌어졌다. 술이 거나하게 오르면 누가 먼저랄 것도 없이 한 사람이 일어나 노래를 불렀고 다른 사람들은 젓가락으로 상을 두드리며 장단을 맞췄다. 분위기가 무르익으면 옆에서 지켜보던 아낙네들도 손바닥으로 장단을 맞추며 덩실덩실 춤을 추었다. 남정네들의 젓가락 장단과 어우러진 아낙네들의 춤사위는 밤이 깊도록 끝날 줄을 몰랐다. 술판이 끝날 무렵이면 상 모서리가 부서져 못쓰게 돼도 누구 하나 화를 내거나 시비를 거는 사람이 없었다. 흥과 낭만을 좋아했던 조상들에게 젓가락장단은 생명의 리듬이었고 마을 사람들의 정을 이어주는 후덕한 인심이었다.

몇 해 전 가수 싸이의 '강남스타일'이 아시아를 넘어 전 세계를 뒤흔든 일이 있었다. 싸이가 말 춤추는 영상을 세계 30억의 인구가 보았다고 한다. 왈츠, 맘보, 차차차와 같은 유명한 춤들이 즐비한데도 족보 없는 싸이의 말 춤이 세상 사람들에게 춤바람을 일으켰던 것이다. 무슨 이유일까? 조상들의 흥과 젓가락 장단의 문화 유전자가 춤 속에 숨겨져 있었기 때문에 그랬던 것은 아닐까.

옛날 대가족이 함께 살던 시절에 우리네 밥상은 늘 번잡煩雜했다. 음식을 집으려고 부딪히는 젓가락 소리, 형과 동생이 맛있는 반찬 더 먹으려고 다투던 소리, 그래서 어머니에게 야단맞는 소리. 이제는 찾아볼 수 없는 풍경들이다. 젓가락질은 태어나면서부터 저절로 할 수 있는 게 아니다. 부모로부터 배워야만 할 수 있다. 그래서 젓가락질은 생물학적 유전이 아니라 문화적 유전이라고 한다. 내가 그랬던 것처럼 내 아들이 그랬고 우리 할아버지, 할머니도 부모로부터 젓가락질을 배웠다.

산업화가 시작되고 서양 문화가 들어오면서 우리의 생활도 점점 서구화 되어가고 있다. 집도 양옥을 선호하고, 옷도 양복을 좋아하는 시대가 되었다. 문명의 발달로 옛것들이 흔적조차 없이 사라지고 있지만 천년의 세월을 넘어 지금도 모양과 쓰임이 변하지 않고 사용되는 것이 있다면 그것은 바로 젓가락이다.

국립청주박물관에는 고려 말에 만든 것으로 추정되는 청동 젓가락과 먹이 전시되어 있다. 젓가락에는 '濟肅公妻 造○世亡子'라는 글씨가 새겨져 있다. 제숙공의 처가 죽은 아들을 위해 만들었던 것이다. 죽은 아들이 저승에 가서도 배고프지 않기를, 그리고 변함없이 학문에 정진하기를 바라는 어머니의 간절한 마음을 담아 아들과 함께 묻었다. 이렇듯 젓가락에는 이 땅에 살다간 사람들의 이야기가 담겨져 있다. 그래서 젓가락질을 한다는 것은 옛날 우리 조상을 만나는 일이고, 오랜 세월 이어져 내려온 한국인의 문화 유전자를 찾아가는 일이다.

위대한 문화유산은 멀리 있지 않다. 하나둘씩 잊혀가는 사소한 것들 속에서 새로움을 발견할 수 있어야 또 다른 문화를 만들 수 있다. 옛날 우리 조상들이 사용했고 지금도 우리가 사용하고 있는 젓가락을 보듬고 지킬 때 위대한 문화유산은 탄생하는 것이다. 오늘 문을 연 젓가락 공방에 기대를 거는 이유다.

(2016. 6.)

아버지의 눈물

며칠 전 이사를 했다. 전세로 이사를 가려니 말씀드리기도 죄송스럽고 말씀을 안 드리면 나중에 서운해 하실 것 같아 부모님을 모시고 식사라도 할 생각에 점심시간에 맞춰 오시라고 연락을 드렸다.

아침부터 서둘렀는 데도 늘어난 살림살이가 이렇게 많은 줄은 몰랐다. 점심때가 지난 줄도 모르고 아내와 둘이서 이 방 저 방을 정리하고 있는데 동생네 가족이 부모님을 모시고 들어왔다. 우선 급한 대로 자장면과 짬뽕, 탕수육을 시켰다. 음식이 도착하여 먹으려고 하는데 아버지가 보이질 않는다. 어머니와 동생들 먼저 식사를 하라하고 밖으로 나가 아파트 주변을 둘러보니 아버지가 등나무 아래 앉아서 눈물을 흘리고 계셨다. 깜짝 놀라 무슨 일이냐고 여쭤보니 "애비야. 네가 이사를 한다니 기분이 좋아야 하는데 나는 하나도 기쁘지가 않구나!"라고 하셨다. "저번에 살던 집보다 교통도 좋고 햇볕도 잘 들어서 좋은데요. 집사람도 이 집이 마음에 든다고 하니 걱정하지 마세요." 아버지는 아무런 말씀이 없으셨고 우리 부자는 그렇게 한참을 벤치에 앉아 있었다.

왜 모르겠는가, 아버지 마음을. 동생들은 번듯한 집에 사는데 나이 오십 넘어 집 한 채 없이 이리저리 떠돌며 사는 큰자식이 안쓰러워 그러신다는 것을. 큰자식 이사하는 날, 돈이라도 보태주고 싶은 마음 굴뚝같은데 아무런 도움 줄 수 없는 당신의 처지가 한스러워 그러신다는 것을. 큰자식이 되어 집 없이 산다는 게 아버지에게 이렇게 큰 슬픔이고 아픔인 줄은 미처 몰랐다.

돌아보니 아버지의 삶도 참 고단했다. 젊어서 홀로되신 할머니를 대신하여 몇 마지기 안 되는 농사일 도맡아 하시면서 동생들 돌보느라 정신없이 사셨다. 지금도 아버지의 손마디는 한여름 가뭄의 논바닥처럼 갈라져 있고, 젊어서 지게질을 많이 한 탓에 등은 척추 병을 앓은 사람처럼 굽어도 너무 많이 굽으셨다. 가끔씩 아버지의 손을 잡으면 그동안 살아오신 인생의 고초가 그대로 새겨져 있는 것 같아 코끝이 찡하다. 어려서부터 농사일밖에 모르셨던 아버지는 '콩 심은데 콩 나고 팥 심은데 팥난다'는 속담처럼 땅의 정직함과 흘린 땀의 소중함만 알았지 세상 살아가는 지혜와는 거리가 먼 삶을 사셨다.

우암산 관음사 주지 스님의 소개로 어머니를 만나 삼 남매를 낳았고 아이들 학교 걱정, 먹고 살 걱정에 청주로 나왔다. 우리 가족이 처음 자리를 잡은 곳은 수동 달동네 조그마한 판잣집이었다. 어머니는 절에 가서 하루 종일 일을 하셨고 아버지는 연초 공장을 다니셨다. 가끔씩 아버지가 오징어 한 짝을 들고 집에 오는 날이 있었다. 어머니가 웬 거냐고 물으면 아버지는 씁쓸한 표정으로 이번 달 월급이라며 건네시던 모습이 낡은 내 기억 속에 아직도 남아 있다. 한밤중에 잠에서 깨어보면 무슨 생각을 하시는지 아버지는 마당 귀퉁이에서 담배를 물고 오래도록 서 계셨다. 행여 약주라도 드시는 날이면 온 가족은 비상이었다. 저 멀리서 비틀거리며 걸어오시는 아버지의 모습은 세상을 모두 잃고 삶의 의욕마저 잃어버린 사람 같았다.

이 풍진세상을 만났으니 너의 희망이 무엇이냐
부귀와 영화를 누렸으면 희망이 족할까
푸른 하늘, 밝은 달 아래 곰곰이 생각하니
세상만사가 춘몽 중에 또다시 꿈이로다

집에 와서도 아버지는 이 노래를 밤새도록 부르다가 잠이 드셨다. 정년퇴임하시던 날, 어머니를 모시고 연초 공장을 찾았다. 다른 분들은 훈장을 받아들고 기뻐하는데 기능공이었던 아버지는 하회탈 하나를 선물로 받았다. 상장 하나 받지 못하는 아버지를 위해 청장님께서 특별히 마련해 주신 선물이었다. 아버지가 퇴직하신지 이십여 년이 지났지만 하회탈은 이사할 때마다 제일 먼저 챙기는 내 삶의 가보가 되었다. 그 속에는 아버지의 젊음이 있고 뜨겁게 살아오신 인생이 담겨져 있기에….

살아오면서 나는 아버지 눈물 흘리는 모습을 본 적이 없다. 내 기억 속에 아버지는 울지 않으셨지만 한 사내는 평생을 울었다. 어깨의 짐이 무거워서 울고, 사는 게 힘들어서도 울었다. "애비야 뭐하니! 원용이는 잘 있니?", "술 조금만 마셔라! 건강 잃고 후회하면 그때는 늦는다." 수화기를 타고 한결같이 들려오는 아버지의 목소리가 그리운 아침이다. 내 나이 쉰, 지금 나는 무엇을 하고 있는 건가! 아버지는 평생을 자식 위해 사셨는데 나는 지금도 나만의 욕심을 채우며 살고 있으니 그저 부끄러울 뿐이다.

아카시아 향기 그윽한 오월, 오늘은 어버이 날이다. 쉰 나이 살면서 자식도리 다하지 못함에 눈물이 난다.

섬 집 아기

얼마 전 자치연수원 교육을 갔었다. 늘어지는 마음을 새롭게 충전하고 싶었다. 그래서 '음악이 있는 삶'이라는 교육을 선택했다. 예상했던 대로 교육은 편안한 분위기 속에서 클래식 음악을 감상하는 시간들로 진행되었다. 푹신한 의자에 앉아서 음악을 들으니 영국 왕실의 세자가 부럽지 않았다. 그러나 음악을 듣는 것도 교육이다 보니 시간이 흐를수록 지루함이 밀려왔다. 무엇보다 클래식 음악에 대한 기본 지식이 없었던 나에게는 이해하기 힘든 음악을 듣는 것 자체가 곤욕이었다.

마지막 수업 시간이었다. "한 시간만 더 버티면 끝이 나겠지!"라는 생각으로 강사님을 기다렸다. 문을 열고 들어서는 강사님이 낯설지가 않았다. 몇 년 전 청주 시민의 노래를 만들 때 노랫말 선정 위원으로 활동했던 분이셨다. 지금도 그분은 지역에서 명망 있는 음악가로 활동하고 계신다. 수업이 끝나갈 무렵 강사님이 영상과 함께 노래 한 곡을 들려주셨다. 비올리스트 용재오닐Yongjae Oneill이 연주한 섬 집 아기의 영상이었다.

엄마가 섬 그늘에 굴 따러 가면
아기는 혼자 남아 집을 보다가
바다가 불러 주는 자장노래에
팔 베고 스르르르 잠이 듭니다.
아기는 잠을 곤히 자고 있지만
갈매기 울음소리 맘이 설레어
다 못 찬 굴 바구니 머리에 이고
엄마는 모랫길을 달려옵니다.

영상 속의 용재오닐은 눈을 지그시 감은 채 소박한 얼굴로 한국인의 정情과 한限을 연주하고 있었다. 2절을 연주할 때는 옆에서 눈물을 흘리는 사람도 있었고 조용히 눈을 감고 따라 부르는 사람도 있었다. 나도 가만히 눈을 감고 따라 부르니 목이 메었다. 간단한 선율과 몇 마디 화성으로 이루어진 이 짧은 노래가 세대를 넘어 많은 사람들에게 이토록 진한 감동을 줄 수 있다는 것에 놀랐다. 낯선 서양 음악보다는 어렸을 적 듣고 자란 멜로디의 익숙함 때문이었을까. 아니면 노랫말 속 가사가 그 당시 우리의 삶이었기 때문에 그랬을까. 젊은 아티스트 용재오닐이 들려준 섬 집 아기의 애잔한 연주가 나에게는 그 어떤 음악보다도 큰 울림으로 다가왔다.

아버지는 무엇을 하는 사람이었기에 바다를 사이에 두고 엄마와 아기를 이토록 애달프게 했단 말인가. 고기를 잡으러 바다에 나갔다가 영영 돌아오지 못한 걸까. 육지로 돈을 벌러 갔을까. 섬 집에 혼자 남아 집을 보던 아기가 애타게 엄마를 기다리다 지쳐 쓰러져 잠든 모습을 생각하니 마음이 울연鬱然했다. 채우지 못한 굴 바구니를 머리에 이고 집으로 돌아오는 엄마의 발걸음도 빨라졌겠지. 그 시대의 어머니들은 늘 부족한 삶을 살지 않았던가. 자식을 위해 달려가는 길은 노랫말 속 모랫길보다도 더 힘들고 숨이 가빴으리라. 그래도 어머니는 쉬지 않고 그 길을 달렸다. 거미줄처럼 갈라진 손등이 고달프게 살아온 지난날의 흔적들 아니겠는가.

영상을 보고 있으니 젊은 시절 아내의 모습이 떠올랐다. 개구쟁이 세 아이를 돌보다 지친 아내는 막내아들을 데려다가 무릎 위에 뉘여 놓고 따뜻한 눈길로 토닥거리며 이 노래를 불렀었다. 그러자 막내는 엄지손가락을 입에 물고 곤히 잠이 들었다. 더 신기했던 것은 첫째와 둘째도 아내에게 기대어 함께 잠이 들었다. 세월이 흘러 이 노래를 듣고 자란 딸아이도 어느새 성인이 되었다. 직장을 다니는 아내가 늦게 귀가하던 날, 딸아이는 엄마를 기다리며 혼자서 섬 집 아기 노래를 흥얼거리고 있었다.

섬 집 아기 자장가를 들으며 자란 아이가 엄마가 되고, 또 그 엄마의 아기가 이 노래를 부르며 꿈을 키울 수 있다면 어렸을 적 듣고 자란 이 노래야말로 세대와 세대를 이어주는 진정한 문화 유전은 아닐까? 그 옛날 섬 집 아기 노래를 부르며 세 아이를 재우던 아내의 모습은 지금도 내 가슴에 잔잔한 여울로 남아 있다.

작은 영웅들

요즈음 드라마 보는 재미가 쏠쏠하다. 시청률이 30%를 넘었다고 하니 이제는 국민 드라마라고 해도 과언은 아닌 듯하다. 전쟁과 질병으로 얼룩진 가상의 나라 우르크에서 유시진이라는 젊은 대위와 강모연이라는 여의사가 키워가는 풋풋한 사랑 이야기, 그리고 낯선 땅에 뛰어들어 끝나지 않은 전쟁의 포화 속에서 목숨 걸고 재난민을 구해 내는 대한민국 젊은 군인들의 활약상이 많은 사람들의 공감을 얻고 있는 것 같다.

어쩌면 사람들은 드라마 속의 주인공처럼 절박함 속에서의 사랑, 국경을 초월한 특전사 대원들의 희생적인 모습에서 평소 마음속에 그리던 영웅들을 만나고 있는지도 모른다. 몇 해 전 북한이 연평도에 포격을 가한 사건이 있었다. 당시 현장을 방문한 국가 지도자가 화염에 그슬린 보온병을 들고 포탄이라고 하여 온 국민을 실소失笑하게 만든 적이 있었다. 나중에 알게 된 사실이지만 그분은 군대 미필자였다. 국민의 재산과 안전을 지켜야 할 지도자가 공포에 떨고 있는 국민들 앞에서 보온병을 들고 포탄이라고 말한 것은 지금 생각해도 코미디의 한 장면이었다.

언제부턴가 우리는 힘 있고 돈 있는 사람들은 군대에 안 간다는 말을 종종 들으며 살고 있다. 가끔씩 터져 나오는 병역 비리 사건에 고위 관료나 대기업 자제들이 빠지지 않는 것을 보면 틀린 말도 아닌 듯하다. 이런 모순된 사회 속에서 드라마의 주인공처럼 로맨틱함과 정의로움, 그리고 자기희생을 감당할 줄 아는 멋진 영웅을 우리는 기다리고 있었는지도 모른다.

나도 이십 대에는 드라마의 주인공처럼 드라마틱한 삶을 꿈꾸며 살았다. 소박하고 순수했던 여인. 지금의 아내와 사랑을 했고, 정의로움 하나로 자원입대하여 군대 생활을 했다. 고된 훈련 속에서도 전우들과 함께 했기에 행복한 시절이었다. 이유 없이 찾아오는 선임들의 구타에도 매일같이 보내주는 아내의 편지에 울고 웃으며 힘든 줄 모르고 지냈다. 제대하던 날 "너희들은 대한민국을 위해 최선을 다했다"라고 말씀하시던 연대장님의 목소리가 아직도 가슴에 남아있다.

나도 영웅을 만나고 싶다. 드라마 속 주인공처럼 옳다고 믿는 것을 지키는 사람, 학교 다닐 때 배웠던 아주 작은 것들을 잊지 않고 실천하는 사람, 한 번쯤은 조국을 위해 뜨겁게 목숨을 바칠 줄도 아는 사람. 내 마음속에 그려진 작은 영웅의 모습이다. 역사를 돌아봐도 나라가 어려울 때 분연히 일어섰던 사람은 평범한 시민들이었다. 사랑하는 가족, 부모님을 뒤로하고 후손들이 살아갈 이 땅을 지키기 위해 그들은 이름 모를 산하山河에 뜨겁게 목숨을 묻었다. 지금도 우리는 의병이라는 이름으로, 학도병이라는 이름으로 그들을 기억하고 있다.

세간世間에 들려오는 소식들이 우울하다. 비선 실세들의 국정농단과 대통령의 탄핵, 국정감사에 나온 증인들의 위증 사태, 권력을 탐했던 사람은 많은데 누구도 책임지려는 사람은 없다. 분노한 시민들이 퇴보하는 민주주의를 지키겠다며 촛불을 들고 거리로 나섰다. 추운 겨울 거리에서 어둠을 밝히고 있는 저 촛불은 우리와 동고동락하며 살아가고 있는 보통 사람들이다. 작은 조각보가 모여서 아름다운 예술품을 탄생시키듯, 촛불을 든 저 사람들의 소박한 가치가 모이고 모여서 세상은 바뀐다.

내가 근무하고 있는 도서관의 하루는 분주하다. 이른 아침부터 밤늦게까지 책을 보려는 사람들로 가득 차 있다. 어린 학생부터 취업 준비생, 젊은 직장인에 이르기까지 도서관을 찾는 사람들의 모습은 다양하다. 우리나라의 미래를 열어갈 작은 영웅들이다. 그들은 이곳에서 치열하게 경쟁하고 때로는 좌절하면서 스스로를 키워가고 있다. 아프지 않은 삶이 어디 있으랴. 그 순간들을 견디고 일어서야 더 큰 미래의 꿈을 키울 수 있지 않을까? 오늘부터라도 그들을 조용히 응원해야겠다. 책과 함께 춤추고 노래하며 더 높이 날아오를 수 있도록….

무심천 언덕 위에 하얗게 핀 상고대가 드라마 속 유시진과 강모연의 미소만큼이나 아름다운 계절이다.

오십 대의 자화상

늦은 시간에 전화가 왔다. 친구들 다 모였으니 빨리 나오라는 전화다. 사는 게 바쁘다는 핑계로 오랫동안 못 만났던 친구들이다. 반가운 마음에 달려가 보니 친구들은 오랜만의 만남을 자축이라도 하듯 기분 좋게 취해 있었고 이야기의 소재는 사는 이야기부터 직장 이야기까지 다양했다.

어떤 친구는 예전에 몰랐던 외로움을 많이 느끼며 산단다. 직장 때문에 오랜 세월 가족과 떨어져 살다 보니 저녁에는 친구들을 만나 술로 외로움을 달래고 아침에는 기계처럼 일어나 출근하는 것이 일상이 되었단다. 축 처진 그의 어깨가 안쓰러웠다. 또 다른 친구는 얼마 전 직장을 그만뒀단다. 회사의 권고도 있었고 버티자니 직원들 눈총이 따가워 더 이상 다닐 수가 없었단다. 그나마 기술자였던 탓에 지금도 프리랜서로 일을 하고 있으니 다행이다. 일이 없는 날이면 한참 커 가는 자식들이 눈에 밟혀 잠도 오지 않는단다.

우리 나이 어느새 오십, 이제는 건강도 챙겨야 하고 가정도 지켜야 한다. 직장에서는 상사나 부하 직원들 눈치도 살피면서 나설 때와 물러설 때를 알아야 하고 그 속에서 돈도 벌어야 한다. 총성 없는 전쟁터에서 일 년을 하루같이 살아가고 있는 친구들의 모습이 오늘날 오십 대를 살아가는 대한민국 가장들의 자화상은 아닐까. 지금 이 순간에도 친구들은 가정의 평화와 행복을 지키기 위해 직장에서 일터에서 쫓겨나지 않으려고 발버둥을 치고 있다.

오십은 자연을 닮아가는 나이다. 봄, 여름, 가을, 겨울을 거쳐 다시 봄이 오듯이 우리의 삶도 희로애락의 순환 속에서 그 깊이를 더해간다. 공자님은 오십이 되어서 하늘의 이치를 깨달았다고 하셨는데 아직도 나에게는 삶에 대한 철학이 없다. 세상을 대하는 나만의 결과 향이 있는 것도 아니다. 조금 더 솔직히 말하면 세상과 적당히 타협하면서 닥치는 대로 순간들을 살았을 뿐이다. 이제는 눈이 침침해져 책보기도 힘들고 총기가 흐려져서 잡아놓은 약속을 잊어버리기 일쑤다. 그런데도 가슴은 뛰고 있다. 더 늦기 전에 무언가를 해야만 하는 이유다.

얼마 전부터 충북대학교 평생교육원을 다니고 있다. 살아온 시간들을 되돌아보고 앞으로 해야 할 일들을 천천히 준비하고 싶었다. 그곳에는 교장 선생님부터 대학교수, 은행 지점장을 지내신 분에 이르기까지 살아오신 모습들이 참으로 다양했다. 칠순이 넘은 나이에도 더 멋진 인생의 후반전을 펼쳐가기 위해 열심히 살아가는 모습들이 존경스러웠다. 열심히 산다는 건 좋은 과거를 만드는 일이고 희망찬 내일을 준비하는 일이다. 그리고 나이를 먹는다는 건 흐르는 물을 거슬러 오르는 것이 아니라 그 속에 나를 맡겨 함께 흘러가는 것이다. 힘든 세상 속에서도 각자의 자리에서 열심히 살아가는 친구들이 그래서 더욱 눈물겹다.

대지를 물들이고 있는 초록의 향연들이 싱그럽다. 내게 오십이 중요한 건 지금 내가 그 나이를 살아가고 있기 때문이다. 비에 젖지 않는 꽃잎이 어디 있으랴. 사연 없고 고민 없는 사람이 어디 있으랴. 젊음의 끝자락과 중년의 초입, 친구들과 오십 대의 인생길을 즐겁게 걸어가기 위해서는 지금부터 준비해야 한다. 어떤 모습으로 걸어가야 할지 하루하루가 긴장된다.

오래된 도시

가족들이 둘러앉아 두런두런 이야기를 나누는 명절날 아침, 중학교 다니는 조카가 질문을 한다. "큰아빠, 청주는 어떤 도시예요?" 며칠 전 동생(조카의 아빠)에게도 똑같은 질문을 했는데 교육의 도시, 양반의 도시라고 답을 했단다. 그런데 그 답이 마음에 들지 않았던 모양이다. 청주가 교육의 도시라면 전국에서 학생들이 공부를 하러 몰려들어야 하는데 오히려 청주의 학생들이 서울로 수도권으로 떠나가고 있으니 교육의 도시가 아니란다. 그리고 양반하면 떠오르는 도시는 안동이란다. 학교에서도 그렇게 배웠단다. 고가종택古家宗宅과 유교문화가 잘 보존되어 있어서일까? 아니면 조선시대 권문세가들이 많이 배출되어서 그럴까?

막막했다. 청주의 오래된 역사를 이해하지 못하는 조카에게 무슨 말을 해줘야 하나. 이십여 년 전 나는 아이들을 데리고 박물관을 자주 갔었다. 그곳에는 선사시대부터 조선시대에 이르기까지 우리 지역에서 발굴된 다양한 유물들이 전시되어 있다. 유물이 발굴되었다는 것은 이 땅에 문명을 일구며 살다간 사람들이 있었다는 증거 아니겠는가. 청주에는 미호천을 따라 선사시대부터 사람이 살았던 것 같다. 넓은 들판을 낀 물가, 낮은 구릉과 울창한 삼림, 미호천 주변은 우리 조상들이 터를 잡고 살기에 부족함이 없었을 것이다.

구석기시대 조상들은 이곳에서 사냥을 하고 물고기를 잡으며 살았을 것이다. 신석기시대 사람들은 농사를 지으며 살았겠지. 세상에서 가장 오래된 볍씨가 소로리에서 나오고 우리나라에서 가장 오래된 토성이 정북동에 있었던 것도 우연이 아니다. 오래전 이곳에서 살다간 사람들이 우리에게 들려주고 싶은 삶의 이야기가 있었는지도 모른다.

삼국시대에도 미호천은 요충지였다. 그리고 이곳을 선점한 나라는 백제였다. 백제 사람들은 미호천과 무심천을 따라 삶의 터전을 옮겨 살았는데 그들이 정착했던 곳은 미호평야가 한눈에 내려다보이는 지금의 신봉동 일대였다. 영토 전쟁이 치열했던 5세기 무렵 북쪽에서는 고구려가 내려오고, 남쪽에서는 신라가 올라오는 상황 속에서 백제 사람들이 목숨 걸고 지키려 했던 것은 무엇이었을까? 아마도 풍부한 물과 넓은 평야가 공존해 있는 미호천이 아니었을까? 신봉동 무덤에서 발굴되는 유물과 유적들이 그때의 긴박했던 상황들을 말해주고 있다.

촌락 문서와 운천동 사적비 등을 미루어 보면 통일신라 사람들은 무심천을 따라 신봉동에서 운천동 일대로 삶의 터전을 넓혀 나갔다. 그리고 서원경(청주의 옛 이름)을 세워 불교철학을 기반으로 백성들을 다스렸다. 그 후에도 사람들은 무심천을 따라 계속해서 남쪽으로 이동하여 고려 시대에는 직지를 만들었던 흥덕사지 주변에, 그리고 조선 시대에는 무심천을 건너 청주 읍성이 있었던 중앙 공원 일대에 터를 잡았다. 읍성 안에는 목사가 행정을 관장하던 동헌이 있었고 병마절도사가 병사를 지휘하던 병영이 있었다. 옛날에도 청주는 정치와 행정, 군사와 교통의 중심지였다.

고려가 시작되던 태조23년(940) 왕건은 이곳을 청주라 칭했다. 처음으로 청주라는 도시의 이름이 생겨난 것이다. 그 후로 천년의 세월이 흘렀다. 긴 세월 동안 우리 조상들은 미호천에서 중앙 공원으로 삶의 터전을 넓히며 문명의 꽃을 피웠다. 그리고 그곳에서 지금 우리는 살아가고 있다. 세상에는 천년의 역사를 간직한 도시가 그리 흔치 않다.

현대는 생명의 가치와 존엄이 자본이 되는 사회다. 이어령 박사는 21세기를 '생명자본주의시대'라고 했다. 도시의 가치는 꾸며서 되는 게 아니다. 오래도록 이 땅에 살다간 사람들의 흔적이 있어야 하고 이야기가 있어야 한다. 그리고 도시에 사는 사람들이 그것을 느끼고 공감할 수 있어야 한다. 청주는 구석기시대부터 사람이 살아온 생명의 도시다. 그리고 그 사람들이 문명을 일구며 삶의 이야기를 만들어 온 아주 오래된 역사의 도시다. 지나친 비약일까?

* 고가종택古家宗宅 : 전통가옥

버들피리 추억

저 멀리 연둣빛 치마저고리를 입고 서 있는 수양버들 한 쌍이 부는 바람에 몸을 맡겨 너울거린다. 가까이 가보니 속 잎 돋아난 가지에는 버들강아지가 햇살에 반사되어 하얗게 빛나고 있다. 몽실몽실 멍울 맺은 모습이 복스러워 버들강아지라고 불렀나보다. 물오른 버들가지를 살며시 부여잡고 머문 듯 흘러가는 미호천을 바라보니 옛 고향의 추억들이 사뭇 그립다.

어렸을 적 내 고향에는 강변 밭이 있었다. 뜰에는 모래밭이 펼쳐져 있고 언덕 위에는 낭창낭창 늘어진 수양버들이 줄을 이어 있었다. 아버지는 하루 종일 마늘 밭에 엎드려 김을 매셨고 나와 동생들은 아버지가 만들어준 성글은 그물로 강버들 그늘 밑에 숨어있는 물고기를 잡으며 시간 가는 줄 모르고 놀았다. 물속에 텀벙 뛰어들어 멱을 감고, 물놀이가 끝나면 강변 뜰 너럭바위에 나란히 앉아서 옷을 말렸다. 흰 구름 흘러가던 고향 하늘이 지금도 나에게는 잊지 못할 그리움이다.

해가 중천에 떠오르면 강변 빨래터에는 동네 아줌마들이 하나둘씩 모여들었다. 묵은 삶의 때라도 벗겨내려는 듯 아줌마들이 두드리는 방망이질 소리는 봄바람을 타고 햇살처럼 내 귓전을 스치며 지나갔다. 한참을 뛰어놀다 뱃속에서 꼬르륵 소리가 날 때쯤이면 어머니가 새참을 내오셨다. 우리는 버드나무 그늘 아래 옹기종기 모여앉아 이야기꽃을 피우며 음식을 먹었다. 똬리를 튼 머리 위에 소쿠리를 이고 수양버들 언덕길을 걸어오시던 젊었을 적 어머니의 모습이 새록새록 떠오른다.

서산에 걸린 해가 뉘엿뉘엿 질 무렵이면 아버지는 언덕에 올라 버들피리를 부셨다. 필리리~ 필릴리리~ 봄바람 타고 흘러가던 그 소리는 기찻길 저 멀리서 들려오는 기적 소리와 어우러져 슬픈 듯 처량한 듯 하모니를 이루었다. 나도 아버지가 만들어준 버들피리를 힘껏 불어 보았다. 후우욱~ 후우우욱~ 강변 뜰 언덕을 스쳐가는 힘 빠진 바람 소리 같기도 하고, 동생이 어머니께 칭얼대는 철없는 소리로도 들렸다.

집으로 돌아오는 길, 아버지는 두 동생을 지게에 태우고 말없이 노을 진 들녘 길을 터벅터벅 걸으셨다. 그때는 구수하고 정겹게만 들렸었던 아버지의 버들피리 소리. 세월이 흘러 생각하니 그 소리는 그냥 소리가 아니었다. 어린 나이에 학업을 포기하고 대가족을 건사하며 삶의 무게를 견뎌야 했던 가슴에서 들려오는 울림의 소리였다. 휘리릭~ 휘리리릭~ 물오른 강버들이 봄바람에 휘날리면 버들피리 꺾어 불며 아버지를 따라 들길을 걸었던 그 시절이 그리워진다.

지난날 아버지가 그러셨던 것처럼 나도 미호천 강버들 언덕에 앉아 버들피리를 불어본다. 호디딕~ 호디디딕~ 불어오는 강바람에 피리 소리가 낭랑하다. 가냘프게 들려오는 저 소리는 무슨 소리일까? 그 옛날 강변 뜰 빨래터에서 들려오던 아낙네들의 방망이질 소리인가. 버드나무 언덕에 올라 아버지가 불어주던 빛바랜 추억 속의 그 버들피리 소리인가. 코흘리개 동생들과 수양버들 언덕을 뛰어놀았던 어린 시절 나의 봄은 참으로 행복했다.

지금쯤 동생들은 어떤 추억을 기억하고 있을까. 나와 아버지의 버들피리 추억처럼 동생들도 그때 그 시절을 기억하고 있을까. 텅 빈 들길에 서서 오래도록 제자리를 지키며 서있는 저 버드나무처럼 살고 싶다. 베풀고 견디면서 유연하게 살고 싶다.

필리리~ 필리리리~ 미호천 강바람이 옷깃을 흔들며 지나가고 있다.

| 2장 |

무심천의 새벽

어둠을 뚫고 들려오는 스님의 목탁 소리가 고방孤芳하다.
두 손을 모으고 지극한 마음으로 참배를 올리니 잡념은 사라지고 자비심이 절로 인다.
이른 새벽 무심천 산책길이 나에게는 묵언 정진의 수행 길이다.

이별 연습

아들에게

무심천의 새벽

상수 씨가 사는 법

젓가락 2

자리가 뭐 길래

가을과 겨울사이

사성암에 올라

신동문의 정원

어머니의 위패

이별 연습

비 오는 날 대청호 둘레길은 언제나 풍경이다. 마음이 차분해지고 모든 것이 여유롭다. 메말랐던 땅이 밤새 내린 비를 품어 흙냄새를 토해내고 있다. 텅 빈 들판, 늘어진 버드나무 아래 젊은 남녀 한 쌍이 비를 피해 서 있다. 예전부터 버드나무는 이별의 상징이라고 했는데 저 젊은 남녀도 버드나무 아래서 이별을 하고 있는 것은 아닐까. 비바람에 너울거리는 버드나무를 바라보니 문득, 학교 다닐 때 배웠던 홍랑洪娘의 시 한 수가 생각난다.

묏버들 가려 꺾어 보내노라 임에게
자시는 창밖에 심어두고 보소서
밤비에 새잎 나거든 날인 가도 여기소서

임을 그리워하는 홍랑의 마음이 절절하다. 유교적 관념이 뼛속 깊이 자리했던 그 시절, 홍랑이 정절을 바쳐 사랑했던 임은 당대의 문장가 고죽孤竹 최경창崔慶昌이었다. 그러나 이들의 사랑은 오래가지 못했다. 함경도에서 북도평사(병마절도사의 부관)의 소임을 다한 고죽이 한양으로 발령을 받았기 때문이다. 사랑하는 임을 보내야 하는 홍랑의 가슴도 미어졌겠지. 고죽이 한양으로 떠나는 길, 그날도 오늘처럼 비가 내렸다. 홍랑은 길가에 늘어진 버들가지를 꺾어 고죽에게 건넸다. 그리고 나를 보듯 봐달라며 애절한 마음을 전했다. 날은 저물고 부슬부슬 비는 내리는데 피할 수 없는 이별 앞에서 두 사람은 하염없이 눈물만 흘리지 않았을까?

김소월金素月은 버드나무 아래서 사랑하는 사람과 헤어지는 슬픔을 이렇게 노래했다.

실버들을 천만사千萬絲 늘어놓고도
가는 봄을 잡지도 못한단 말인가
이 내 몸이 아무리 아쉽다기로
돌아서는 임이야 어이 잡으랴
한갓되이 실버들 바람에 늙고
이내 몸은 시름에 혼자 여위네

가을바람에 풀벌레 슬피 울 때엔

외로운 밤에 그대도 잠 못 이루리

실버들 늘어진 봄날, 사랑하는 사람이 내 곁을 떠나려고 한단다. 붙잡고 싶은 마음 굴뚝같지만 사랑하기 때문에 보내야만 한단다. 덧없는 시간 속에 저물어 가는 봄처럼, 그 사람이 떠나가면 이 봄도 나에게는 황무지가 될 터인데 이런 내 마음을 아는지 모르는지 실버들만 바람에 흩날리고 있다. 세월이 흐르고 계절이 바뀌면 그 사람도 나를 그리워할까? 만날 날은 아득히 기약도 없는데…. 사랑하는 임을 보내야 하는 소월의 애끓는 소리가 귓전에 맴돈다.

나에게도 어린 시절 추억이 있다. 길모퉁이 피어난 보랏빛 꽃처럼 눈망울이 청신淸晨한 소녀가 있었다. 고향집 아래 살던 여자아이였다. 부모님이 논밭으로 일을 나가면 우리는 들로 산으로 다니면서 메뚜기를 잡았고, 날이 저물어 어둑해지면 앞마당 멍석 위에 벌러덩 누워 밤하늘의 별들을 하나 둘 세면서 놀았다. 사랑의 감정이야 알 수 없었지만 홍조 띤 그녀의 얼굴이 달빛에 아롱지면 나도 모르게 가슴이 콩닥거렸다. 그녀가 고향을 떠나가던 날, 우리는 강변 뜰 언덕에서 꼭 다시 만나자는 약속을 했었다. 그때는 수양버들 언덕길을 따라 총총히 걸어가는 그녀의 등 뒤로 불어오는 마른바람이 야속했었다. 그녀가 떠나간 후에도 나는 그녀의 빈자리에서 묻어나는 추억들을 만지작거리며 오랫동안 가슴앓이를 했었다. 그때는 몰랐었는데 돌아보니 순수했던 어린 시절 첫사랑이었다. "잘 살고 있겠지" 지금도 고향 길 버드나무를 보면 가슴 깊은 곳에 자리 잡은 촉촉한 별처럼 어린 시절 그 소녀가 생각난다.

언제부터 버드나무가 이별을 상징하는 나무가 되었을까? 중국 당나라에는 길을 떠나는 사람에게 수양버들 가지를 꺾어주며 안녕을 비는 풍습이 있었다던데 큰돈 들이지 않고서도 정성을 표할 수 있는 쉬운 방법이었기에 그랬던 것은 아닌지. 회자정리會者定離, 거자필반去者必返이라고 했다. 만나면 헤어지고, 떠난 사람은 다시 만나게 된다는 이야기다. 어찌 사람에게만 해당되는 이야기겠는가. 겨울이 가면 봄이 오고, 어둠이 걷히면 새벽이 오는 것을….

무슨 이야기를 나눴을까? 젊은 남녀가 버드나무 곁을 떠나 저 멀리 걸어가고 있다. 부는 바람에 버들가지가 잎을 힘껏 흔들어 작별 인사를 한다.

* 멍석 : 짚으로 엮어 만든 넓은 자리

아들에게

며칠 전 옥화대를 갔었다. 아빠는 거기서 생명의 경이로움을 보았어. 척박한 땅에 둥지를 튼 노랑할미새 새끼 다섯 마리가 눈도 뜨지 못한 채 어미를 기다리고 있었다. 아빠가 살며시 둥지 곁으로 다가가니 어린 새들은 어미가 먹이를 물어온 줄 알고 본능적으로 입을 벌려 재잘거렸다. 행여 새끼를 해치기라도 할까봐 어미 새 한 마리가 아빠 주변을 맴돌며 짹짹 거렸다.

아빠의 눈에는 그 어린 새들의 모습이 스스로 살아남기 위한 본능의 몸짓으로 보였다. 지금쯤 생존의 본능에서 살아남은 놈들은 하늘 위를 훨훨 날아오르기 위해 쉼 없이 날개 짓을 하고 있겠지. 돌이라도 던지면 맞을 것 같은 거리에서 둥지를 지키려고 애쓰는 어미 새를 보면서 본능에 내재된 모성애의 신비로움에 또 한 번 놀랐다.

척박한 땅에 둥지를 틀었어도 새끼를 지키는 어미 새는 환경을 탓하지 않는다. 목소리가 갈라지고 몸이 부스러져도 그 속에서 살아남는 지혜와 용기를 온몸으로 터득해 가고 있었다. 상대가 누구인지는 중요하지 않다. 둥지를 위협하고 새끼를 해치려는 모든 것들이 어미 새에게는 적이고 상대인 것이다. 거친 환경 속에서 살아가는 생명들은 새끼를 지켜야만 종족을 보존할 수 있다는 것을 본능적으로 알고 있었다.

척박하다는 것은 사전적 의미로 '거칠고 메마른 것, 다시 말하면 생명이 살아가기에 적합하지 않다'는 뜻이다. 아스팔트를 뚫고 올라와 노랗게 꽃을 피운 민들레가 아름다운 것도 아픔과 고통을 견디고 어렵게 꽃을 피웠기 때문이다.

바람에 날려간 꽃씨는 떨어지는 곳이 터전이란다. 비옥한 땅에 떨어질 수도 있고 거친 땅에 떨어질 수도 있지만 스스로 선택할 수는 없다. 어느 곳이든 땅에 떨어지면 최선을 다해 뿌리를 내리고 꽃을 피워야 하는 것이 그들의 운명이다. 하지만 성장하기에는 비옥한 땅이 유리한 것은 사실, 옥토에서 자란 꽃들은 줄기가 곧고 모양이 반듯하여 많은 사람들에게 사랑을 받지만 거친 땅에서 자란 꽃들은 성장의 아픔을 견디며 피기에 화사함도 향기로움도 적다. 그래서 눈길조차 받지 못하는 경우가 많이 있단다. 출발이 달랐으니 결과도 다를 수밖에….

사람에게도 가정환경은 꽃들의 토양과 같은 거란다. 거친 환경 속에서 살아온 사람이 성공을 하려면 좋은 환경에서 살아온 사람보다 더 큰 꿈을 꿔야 하고 더 많은 노력을 해야 한다. 그리고 강인한 정신력과 인내심을 가져야 한다. 그래야만 출발부터 달랐던 게임의 법칙에서 이길 수 있단다. 결코 쉬운 일이 아니기에 우리는 시련을 딛고 성공한 사람들에게 찬사를 보내는 거란다.

오늘은 원용이가 시험 보는 날, 지난 오 년 너는 거친 환경 속에서도 쉼 없이 날개를 폈다 접었다. 성숙하기 위한 몸부림이라는 것을 알면서도 지켜보는 아빠마음 편치 않았다. 둥지를 지키던 어미 새의 마음이 이랬을까? 이제는 척박한 땅을 딛고 일어서 하늘 높이 날개 짓을 할 때가 되었다. 추운 겨울 모진 바람을 이겨내고 꽃을 피우는 홍매화처럼 지금 이 순간 밀려오는 두려움을 가슴으로 품어라. 그리고 앞을 향해 뚜벅 뚜벅 걸어가거라.

하늘은 스스로 돕는 자를 돕는다고 했다. 오늘만큼은 허허로운 벌판에 둥지를 튼 노랑할미새도, 아스팔트 위를 뚫고 나와 노랗게 꽃을 피운 민들레도 당당하게 시험장으로 걸어가는 너의 뒷모습을 지켜볼 것이다. 후회 없는 하루가 되거라.

그런데 아들아, 왜 자꾸 아빠가 떨리는지 모르겠구나!

무심천의 새벽

동트기 전 어둠 때문인가. 뿌옇게 피어오르는 물안개 때문인가. 저 멀리 보이는 세월교가 희미하다. 세월교는 무심천의 이쪽과 저쪽을 이어주는 징검다리다. 비가 많이 오는 날이면 불어 오른 물살이 지나갈 수 있도록 다소곳이 자신을 낮춘다. 그리고 물살이 지나가면 금방 제자리로 돌아온다. 잘 만들어 보겠다는 욕심도 없이 장인의 손길 닿는 대로 쌓아올렸다. 곧은 듯 굽어 있는 결의 미가 보면 볼수록 아름답다. 그러고 보니 세월교는 내川만 이어주는 다리가 아니었다. 도시와 자연, 시간과 공간, 그리고 이곳에서 이야기를 품고 사는 사람들의 과거와 미래를 이어주는 맑고 향기로운 다리였다. 오늘도 세월교는 자신을 낮춰야 흐르는 저 물과 하나가 될 수 있음을 침묵으로 말해주고 있다.

무심천의 새벽은 목탁 소리로 시작된다. 어둠을 뚫고 들려오는 스님의 목탁 소리가 고방孤芳하다. 두 손을 모으고 지극한 마음으로 참배를 올리니 잡념은 사라지고 자비심이 절로 인다. 일체 망상 떨쳐버린 부처님의 세상이 이런 곳일까. 생명을 품어 안고 무심히 흘러가는 저 냇물이 부처님의 경전이요, 해맑게 웃고 있는 이름 모를 저 꽃들이 부처님의 말씀이다. 고요를 가르며 조용히 들려오는 물소리, 바람 소리가 부처님의 공덕이요, 그리움에 허기진 사람들을 말없이 위로하는 저 초록 벌판이 부처님의 극락세계다. 촉촉이 이슬 맺은 때 이른 메꽃도 잠을 잃고 서성이는 내 마음을 알았는지 혼잣말로 중얼거리는 기도 소리를 미소로 품어주고 향기로 전해준다. 이른 새벽 무심천 산책길이 나에게는 묵언 정진의 수행 길이다.

가만히 멈춰 서서 흘러가는 물결을 들여다본다. 그 옛날 새벽같이 일어나 커다란 무쇠 솥에 쇠죽을 쑤시던 할머니의 모습이 아른거린다. 아버지를 일찍 여읜 자식들을 위해 모든 것을 내어주고 나목처럼 살다 가신 심성 고운 분이셨다. 속 깊게 흐르는 강물처럼 그렇게 사셨다. 어렸을 적 내 고향 강변에도 버들치와 피라미가 뛰어놀았고 귀를 쫑긋 세우면 마을 모퉁이를 돌아서 졸졸졸 흐르는 여울물 소리가 들렸었다. 추억 때문일까? 흐르는 시간 속에 물길은 바뀌었어도 촐랑거리며 흐르던 고향의 여울물이 아직도 나에게는 그리움이다.

푸른 갈대숲을 헤치고 불어오는 바람이 시원하다. 오랜 세월 강바람에 몸을 맡겨 둥글둥글해진 바위틈 사이로 납자루 한 마리가 고개를 내민다. 바쁜 일상을 내려놓고 세월을 낚으려는 강태공들도 하나둘씩 모여든다. 이제 곧 납자루와 강태공의 쫓고 쫓기는 한판 승부가 시작되겠지. 둥글둥글 해진 것은 바위만이 아니었다. 가끔씩 제 성질을 이기지 못하고 수마水魔처럼 달려들던 저 냇물도 적당하고 넉넉하게 흐르는 법을 알고 있다. 도시의 한복판을 가로질러 넘치지도 모자라지도 않게 제 갈 길을 가고 있는 무심천이 오늘따라 더욱 의젓해 보인다.

젊은 시절에는 앞만 보고 달려가는 것이 인생을 잘 사는 것인 줄 알았다. 무심천을 걸으며 깨닫는다. 빨리 걸으면 풍경을 마음에 담을 수 없다는 것을. 풀 한 포기, 나무 한 그루, 굴러다니는 돌 한 조각이 마음속 풍경이 되려면 자연과 하나 되어 오래도록 교감해야 한다. 이렇게 얻어진 풍경이야말로 내 삶의 진정한 속살임을 이제야 알 것 같다.

얼마나 걸었을까. 무심천 숲길 위로 청주교와 홍덕교가 나란히 서 있다. 다리 위에는 질주하는 자동차만 있을 뿐 무심천을 마음에 둘 여유가 없다. 문명이라는 이름으로 세상은 하루가 다르게 변해가고 있는데 변하지 않는 것이 있다면 오늘도 어제처럼 변함없이 흐르는 무심천이 아닐까? 다리 위에 일상은 분주한데 냇가 모퉁이를 지키고 서 있는 버드나무 한 그루가 꾸벅꾸벅 졸고 있다.

* 고방孤芳하다 : 홀로 뛰어나게 향기롭다

상수 씨가 사는 법

수마水魔의 상처가 아물지 않은 미원면 구방리. 부슬부슬 내리는 빗길을 뚫고 마을 어귀에 도착하니 상수 씨가 마중을 나와 있다. 마을의 궂은일을 내일처럼 하고 있는 상수씨는 이 년 전 서울에서 귀촌했다. 서울 생활을 정리하고 귀촌하기까지는 많은 용기가 필요했다. 시골은 토박이들 텃세가 심해서 정情 부치고 살기가 힘들다는 말을 많이 들었기 때문이다. 그런데 막상 내려와 보니 소문과는 다르게 마을 사람들이 콩 심는 법부터 농촌에서 살아가는 방법에 이르기까지 많은 것을 가르쳐 주었다.

조심스럽게 물었다. 마을의 궂은일을 도맡아 하는 이유를…. 따뜻하게 맞아준 사람들에게 가지고 있는 기술로 조그마한 도움이라도 드리고 싶었다며 수줍게 웃었다. 가정 형편이 어려웠던 상수 씨는 초등학교를 졸업하고 일찍이 산업 전선에 뛰어들었다. 어렸을 적에는 기술이 없어도 할 수 있는 아이스케키와 성냥팔이 장사를 했다. 열여섯 살 되던 해 아버지의 권유로 전기 기술을 배워 동네 전파사에서 일을 했는데 전파사가 하향길을 걸으면서 자동차 부품 생산 공장으로 직장을 옮겼다. 거기서 지금의 아내를 만났다. 결혼 후에도 생활고生活苦는 계속되었고 상수 씨는 정선 탄광과 인천 남동공단을 비롯하여 돈을 벌 수 있는 곳이라면 어디든 달려가서 일을 해야만 했다.

상수 씨는 다리가 불편한 장애인이다. 초등학교 때 다친 다리를 제때 치료받지 못해 장애인이 되었다. 아내도 혈소판감소증으로 오랜 세월 투병생활을 하고 있다. 그러면서도 20여 년을 군부대에서 조리사로 일했다. 몸이 아파서 그만두면 다시는 취직을 못할 것 같아서 그만둘 수가 없었단다. 우리 사회에서 장애인으로 살아가기는 정말로 힘든 일이다. 주변 사람들의 시선과 편견 때문이다. 상수 씨가 살아온 인생 이야기를 듣고 있자니 왠지 마음이 숙연해 졌다.

귀농하여 자리를 잡아갈 무렵 상수 씨에게 청천벽력青天霹靂 같은 일이 벌어졌다. 막내딸이 유방암 말기 진단을 받은 것이다. 눈앞이 캄캄했다. 이런 시련을 주시는 하느님이 야속했다. 그러나 상수 씨는 지금까지 살아온 삶에 비하면 이 정도의 시련은 이겨낼 수 있으리란 믿음을 가졌다. 그리고 하느님을 더욱 굳게 믿고 의지하기로 마음먹었다. 그날 이후 상수 씨의 생활은 모든 게 달라졌다. 시골로 요양 온 딸을 위해 새집을 짓고, 찜질방도 손수 만들었다. 뒷산을 산책하며 맑은 공기를 마실 수 있도록 산속에 조그마한 휴양림도 꾸몄다. 안타까운 소식을 전해들은 마을 주민들은 상수 씨 가족에게 따뜻한 정을 베풀었다. 직접 농사지은 무공해 채소로 음식을 만들어 나누고 동네의 행사에도 초대하여 기쁨을 함께 했다. 농촌의 일상에서 느낄 수 있는 소소한 일들이었지만 부모님을 일찍 여읜 상수 씨에게는 큰 기쁨이었다.

마을 사람들의 후덕한 인심과 따뜻한 정에 감동한 상수 씨는 시간이 날 때마다 마을을 위해 할 수 있는 일을 찾아 나섰다. 그리고 수해로 피해를 입은 이웃집 농기계 수리부터 옆집 할머니 고장 난 전등 수리까지 마을 주민들을 위해 할 수 있는 일이라면 무슨 일이든 했다. 가족처럼 대해주는 마을 분들에게 작은 보답이라도 하고 싶었다.

마을 사람들과 정이 깊어갈 무렵 막내딸에게도 기적이 일어났다. 유방암 제거 수술을 받기 위해 찾아간 병원에서 암세포가 더 이상 보이지 않는다는 진단을 받은 것이다. 6개월 전 병원을 찾았을 때만 해도 암세포가 너무 커서 항암 치료를 받아야 수술이 가능하다고 의사가 말을 했었다. 자식을 위한 상수 씨의 지극한 정성이 하늘을 감동시킨 것일까? 앞으로의 바람을 물으니 막내딸이 하루빨리 가정으로 돌아가 행복하게 사는 모습을 보는 거란다. 나보다 자식이 더 행복하기를 바라는 것, 아버지라면 누구나 바라는 작은 소망 아닌가.

상수 씨는 말한다. 가족은 내 살과 같은 존재라고, 자식이 아프면 부모는 더 아픈 거라고…. 따가운 햇살 아래 시커멓게 그을린 그의 두 뺨에 닭똥 같은 눈물이 흘러내렸다. 아마도 그 눈물은 불편한 몸으로 가정을 지키기 위해 평생을 몸부림쳤던 한 사내의 뜨거운 절규였을 것이다. 수마가 할퀴고 간 청주, 그중에서도 제일 피해가 컸던 미원면에서 만난 상수 씨는 하루하루 힘든 삶 속에서도 꿈을 잃지 않고 살아가는 강인한 사람이었다. 누구보다도 아내를 사랑하고 자식을 사랑하는 이 시대의 평범한 아버지였다.

힘들고 어려운 환경 속에서도 꿋꿋하게 살아가는 상수 씨처럼 청주 시민들도 조금만 더 힘을 냈으면 좋겠다. 그리고 내일의 꿈을 향해 뚜벅 뚜벅 걸어갔으면 좋겠다. (2017. 8.)

젓가락 2

천 년 전 이 땅에 살다 가신 조상들이 서울 한복판에 나타나면 무슨 일이 생길까? 거리의 자동차도, 높이 솟은 빌딩들도 낯설기만 할 것이다. 텔레비전이나 냉장고, 세탁기를 본다면 그 쓰임을 짐작조차 하겠는가. 화장실의 변기를 신식 대야로 생각하고 세수를 하려고 덤벼들지도 모를 일이다. 유일하게 알아볼 수 있는 것이 있다면 밥상 위에 나란히 놓여있는 숟가락과 젓가락이 아닐까? 음식은 낯설어도 숟가락질과 젓가락질만큼은 천 년 전의 모습 그대로 익숙하게 할 수 있을 것이다.

옛날 여인네들은 시집을 갈 때 부부용 은수저를 가지고 갔다. 복을 가져다준다고 믿었기 때문이다. 그리고 아이가 태어나면 집안 어른들은 손주의 이름을 새긴 작은 은수저를 선물로 건네며 복을 빌었다. 수저에 담겨 있는 장수에 대한 기원 때문이었다. 숟가락 손잡이에 거북이를 새겨 넣거나 복福, 또는 수壽를 새겨 넣어 복과 장수를 비는 것은 우리나라에서만 볼 수 있는 오래된 풍습이었다. 조상들에게 숟가락과 젓가락은 단순한 살림살이 이상의 의미가 있었다.

중국과 일본 사람들은 나무젓가락을 사용하는데 우리는 놋쇠나 스테인리스로 만든 금속 수저를 사용한다. 외국 사람들은 미끄럽고 무거워서 집기에도 불편한 금속 수저를 왜 사용하느냐고 묻는다. 그 답은 우리만의 독특한 음식 문화에 있다. 우리 음식에는 국물과 건더기가 함께 들어있다. 국물을 먹기 위해서는 숟가락이 필요한데 나무는 물과 상극이니 금속으로 만들었다. 그리고 숟가락과 젓가락은 짝을 이루고 있으니 젓가락도 숟가락에 맞춰 금속으로 만들었던 것이다. 우리 조상들은 젓가락을 남자, 숟가락을 여자, 건더기는 양, 국물은 음으로 보았다. 이렇듯 금속 수저와 국물 문화 속에는 우리도 미처 알지 못했던 음과 양의 조화가 숨겨져 있다.

동양철학에서는 하늘은 둥글고 땅은 네모나다고 생각했다. 이것을 천원지방天圓地方이라고 한다. 조상들은 하늘과 땅을 가장 이상적이라고 믿었다. 한 몸에 둥글고 네모난 서로 다른 모양이 만나 하나의 아름다움을 지니고 있는 것이 젓가락이다.

윗부분은 손으로 잡아야 하니까 네모나고, 아랫부분은 음식을 집어야 하니까 둥글다. 그래서 사람들은 젓가락을 천원지방의 궁극적 디자인이라고 부른다. 금속 수저 한 벌을 떠올려보자. 젓가락은 달처럼 둥근 숟가락을 보완하고 있고, 숟가락은 일직선으로 뻗어있는 젓가락을 보완하고 있다. 상 위에 놓인 음식들은 이 두 개의 서로 다른 직선과 곡선을 만나 온전히 사람의 입으로 전달된다. 이렇듯 숟가락과 젓가락은 따로 노는 듯하면서도 서로 조화를 이루고 있다.

프랑스의 석학 롤랑바르트Roland Barthes는 동양인이 젓가락으로 음식을 먹는 모습이 새가 모이를 쪼아 먹는 모습 같다고 했고, 서양인이 포크와 나이프로 식사하는 모습을 고양이가 쥐를 잡아먹는 모습 같다고 했다. 롤랑바르트는 끝이 뾰족한 동양의 젓가락을 새의 부리로 보았고 서양의 포크와 나이프를 고양이의 발톱으로 보았던 것이다. 그래서 동양인들은 음식을 젓가락으로 집는다고 하고, 서양인들은 포크로 잡고 칼로 썬다고 한다.

식사 예절이 없는 나라가 어디 있으랴. 우리에게도 밥상머리 교육이 있었다. 옛날에는 어른이 수저를 들기 전에 아랫사람이 먼저 수저를 드는 일이 없었다. 다음 사람을 생각해서 젓가락으로 반찬을 뒤척이는 일도 없었다. 반찬 투정은 더더욱 할 수 가 없었다. 우리는 밥상머리에 둘러앉아 이렇게 식사 예절을 배웠다. 밥상머리 교육은 식사예절만이 아니었다. 사회생활을 하면서 알아야 할 공동체의 기본예절도 그때 배웠다. 밥상머리는 어른들로부터 삶의 지혜를 배우고 가르침을 배우는 세상의 작은 축소판이었다.

옛날 사람들은 젓가락질 하는 것만 봐도 그 집안의 가정교육과 사는 형편을 짐작할 수 있었다. 그런데 요즘은 젓가락질을 못하는 아이가 많다고 한다. 심지어 어떤 아이들은 포크와 나이프로 음식을 먹는 것에 더 익숙해져 있다. 배워야만 할 수 있는 젓가락질보다는 별다른 가르침이 없어도 쉽게 음식을 찍어 먹을 수 있는 편리함 때문에 그런 것은 아닐까.

이 땅에 살아온 사람들의 공통된 생활양식을 우리는 문화라고 한다. 할아버지의 할아버지, 아버지의 아버지로부터 이어져 내려온 젓가락 문화가 서양 문명에 밀려 서서히 우리 곁을 떠나고 있다. 오래전, 이 땅에 살다 가신 조상들이 하늘나라에서 이 소식을 듣는다면 무슨 말씀을 하실지 궁금해진다.

자리가 뭐 길래

“지금 어드메쯤 아침을 몰고 오는 어린 분이 계시옵니다. 그 분을 위하여 묵은 의자를 비워 드리겠습니다.”

조병화 시인의 ‘의자’라는 시다. 이 시를 처음 접한 건 고등학교 때였다. 다음 세대를 위하여 지금 내가 앉아 있는 자리를 비워주겠다는 당연한 내용이었기에 그때는 감흥을 몰랐었다. 그런데 나이가 들면서 이 시의 메시지가 가슴을 파고든다. 자리가 뭐 길래 사람들은 그토록 지키려고 하는 것인지.

처음 엄마 품을 떠나 초등학교에 입학하던 날, 선생님께서는 아이들을 교실 밖 복도에 한 줄로 세워 놓고 차례로 이름을 불러가며 자리를 정해 주셨다. 세상에 태어나 처음 생긴 내 자리였다. 함께 앉을 짝꿍도 생겼다. 어색했지만 새로운 친구가 생긴다는 기쁨이 컸던 호기심 많은 시절이었다. 그러나 기쁨도 잠시, 서로에게 익숙해질 무렵이면 어김없이 자리다툼이 시작되었다. 몇몇 힘센 녀석들의 일방적인 선전포고로 책상은 38선처럼 반으로 갈라지고 더 넓은 공간을 차지하려는 놈과 지키려는 놈 사이에 자리다툼은 끊이질 않았다. 힘이 약한 녀석들은 선택의 여지도 없이 좁은 공간에서 한 학기를 보내야만 했다. 하루빨리 짝꿍이 바뀌기를 바라면서.

육거리 시장은 새벽부터 분주하다. 물건을 사려는 사람과 팔려는 사람의 흥정하는 소리는 언제 들어도 활력이 넘친다. 노점상들은 멍석 한 닢도 안 되는 곳에 자리를 펴고 앉아 물건을 판다. 리어카에서 생선을 파는 중년 남자, 포장마차에서 떡볶이를 파는 젊은 부부, 시장 모퉁이에 채소 몇 다발을 펼쳐놓은 할머니까지 새벽을 여는 시장 사람들의 숨소리는 다양하다. 비록 시장 바닥의 좁은 자리일망정 이들에게 그 자리는 무엇보다 소중하다. 그 자리 덕분에 자식들 공부도 시키고 딸린 식구들 먹고살지 않았던가.

우리나라 청년 실업이 사회문제가 된지는 이미 오래다. 이들이 학교를 졸업하고 사회에 나와 자리를 잡는데 걸리는 시간은 평균 삼 년이 걸린다고 한다. 어렵게 자리를 잡았어도 제대로 일을 해보지 못하고 다시 그 자리를 비워줘야 한다. 기업들이 인건비를 줄이고 노사분규를 피하기 위해 새로운 비정규직을 고용하기 때문이다. 이들에게는 열정이 있을 리 없다. 평범한 일상을 누릴 수 있는 안정된 일자리가 절실할 뿐이다.

나에게도 그런 시절이 있었다. 군대를 제대하고 결혼을 앞둔 사람에게 무엇보다 필요한 건 일자리였다. 한 여인(지금의 아내)의 권유로 공직의 길을 걷게 되었는데, 그때도 취업의 문은 좁았다. 산사의 새벽 종소리를 들으며 꼬박 일 년을 준비한 끝에 공직에 들어올 수 있었다. 벌써 삼십 년 전의 일이다. 며칠 전 인사 발령으로 자리를 옮겼다. 새로운 자리는 언제나 설레고 가슴 뛰는 일이다. 큰 욕심내지 않으리라. 공직의 가치와 내 삶의 품격을 지킬 수 있는 최소한의 자리가 되도록 노력할 것이다.

사람들은 누구나 부와 명예를 추구하며 산다. 그런 자리에 올라야 사회적으로 잘살았다는 징표로 남기 때문이다. 불교학자 김동화 박사는 평소에 "유구有求면 유고有苦이고, 무구無求면 무고無苦이다"라는 말씀을 자주 하셨다고 한다. 구하는 것이 크면 괴로움도 크고, 구하는 것이 작으면 괴로움도 작다는 말이다. 세상에 하찮은 자리는 없다. 부와 명예의 자리는 아니더라도 지금 내 자리의 존귀함을 알고 그 속에서 새로운 가치를 발견할 수 있어야 우리의 삶도 달라질 수 있지 않을까.

꽃이 피면 져야 하듯이 사람도 자리에 오르면 언젠가는 내려와야 한다. 그것이 자연의 이치고 순리다. "가야 할 때가 언제인가를 알고 가는 사람의 뒷모습은 아름답다"라는 어느 시인의 말처럼 지금 내가 앉아 있는 자리는 영원히 나의 것이 될 수 없다. 그래서 더욱 소중하고 가치 있는 것인지도 모른다.

새벽녘 출근길, 사람들이 각자의 자리를 찾아 바쁘게 발걸음을 옮기고 있다.

가을과 겨울사이

들길을 걸으며 늦가을 햇살을 맞는다. 저 멀리 자작나무 가지에 앉아 우두커니 능선 너머를 바라보는 산 까치의 모습이 시골 버스를 기다리는 노인의 모습처럼 쓸쓸해 보인다. 그 옆에 보일 듯 말 듯 서 있는 작은 소나무 하나, 살며시 고개를 든다. 저 나무가 없었다면 텅 빈 들판을 찾아든 늦가을 바람은 어디에서 머물까. 나무 사이에 떨어진 낙엽 하나가 바람을 몰고 지나간다.

11월은 들녘의 찬바람이 갈대숲을 파고들어 은빛 물결을 일으키는 달, 겨울이 가을을 탐하기 시작하는 계절이다. 두꺼운 옷을 입고 검푸른 소나무 밑을 달리고 있는 아낙네의 숨소리가 거칠고, 찬 서리 맞으며 처연凄然하게 서 있는 노오란 산국은 겸허하게 모든 것을 받아들이는 수도승을 닮았다. 얼마 전까지만 해도 형형색색 아름다움으로 사람들의 눈길을 사로잡던 단풍이 계절의 변화를 이기지 못하고 힘없이 떨어져 낙엽으로 쌓여 있다. 한여름 뜨거웠던 열정도 가을날의 찬란했던 영광도 모두 벗어버리고 이제는 부는 바람에 몸을 맡겨 이리저리 뒹굴고 있다. 사라지는 것들은 아름답다고 했던가? 모든 것 다 버리고 겸손하게 물러앉은 저 낙엽이 그래서 더욱 눈물겹다. 세상에 영원한 것은 없다. 우리의 삶도 불꽃처럼 타올랐다 초연히 사라지는 저 낙엽처럼 언젠가는 흙으로 돌아가겠지.

11월은 사람도 나무처럼 모든 것을 비우는 달, 지나온 시간들과 조우하는 계절이다. 마지막 남은 달력 한 장이 마음을 초조하게 한다. 늦가을과 초겨울의 길목에서 지나온 시간들을 되돌아보면 아쉬움과 한숨뿐이다. 그래도 열심히 살았노라 스스로를 위로해 보지만 쉽게 잊혀지지 않는 아쉬운 일들이 기억의 저편에서 아른거린다. 아쉬움은 아쉬움대로 남겨두자. 지나간 일을 후회하기에는 너무나 많은 시간이 흘렀고, 새롭게 일을 시작하기에는 시간이 얼마 남지 않았다. 들판은 공허하고 나무는 옷을 벗었다. 모든 것 다 버리고 새로운 꿈을 향해 넘어야 할 고통의 순간을 기다리며 침묵하고 서 있는 저 나무의 기품을 닮고 싶다. 텅 빈 들판 위로 겨울이 성큼 다가오고 있다. 나무가 잎을 떨구어 새 생명을 준비하듯 엄동을 이겨낸 자리에서 새 꽃은 피어난다.

지천명의 고갯길을 넘어가고 있다. 이 시기의 계절은 어디쯤일까? 가을을 지나 겨울이 오기 전 어딘가의 언저리쯤을 걷고 있는 것은 아닐까. 동행하는 사람들과 동고동락 어우러져 폭넓은 인생길을 걷고 싶다. 늦가을 찬 서리 맞으며 피어난 저 산국처럼 화려함보다는 절실함을 가슴에 품어 걷고 싶다. 달빛에 비치어 반짝이는 잔물결처럼 넘치지도 모자라지도 않게 그렇게 걷고 싶다. 화려함 뒤에는 허전함이 있고 기쁨 뒤에는 눈물이 있다. 충만함 속에서는 느낄 수 없었던 내 존재의 참모습을 찾아서 그 길을 자박자박 걸어야겠다. 곱게 물들어 가는 단풍이 아름답듯이 본분을 다하고 미련 없이 물들어 가는 인생도 아름답지 않겠는가.

들판에 서서 떨어진 낙엽을 바라다본다. 한 해를 마무리하는 아쉬움 때문일까. 떨어져 누운 낙엽에도 우수가 묻어난다. 해 질 무렵 석양을 등지고 서 있는 하얀 갈대의 몸짓이 가벼워 보인다. 어디선가 불어오는 늦가을 바람이 갈대밭 사이로 은빛 물결을 일으키며 길을 잃은 채 헤매고 있다.

저기 멀리서 겨울이 손짓을 한다.

사성암에 올라

순박한 누이의 미소를 닮은 섬진강 자락 한 모퉁이에 나지막이 서 있는 오산鰲山. 자라 등에 업힌 듯 범상치 않은 산세 속에 암자 하나가 자리를 잡고 있다. 사성암이다. 마을에서 암자까지 가는 길은 버스로 십여 분, 정淨과 속俗의 세계가 얼굴을 맞대고 있다. 더 이상 오를 수 없는 막다른 길, 기암절벽의 속살처럼 벼랑 끝에 전각들이 절묘하게 매달려 있다. 깨달음의 길이란 이렇듯 좁고 험한 길인가. 가파른 길을 오르고 또 오르며 세속에 찌들었던 마음을 비운다.

벼랑 끝에 바위를 뚫고 나온 듯 위태롭게 서 있는 약사전. 전각 주위를 둘러싼 바위들의 기세가 대단하다. 누가 세웠을까? 지극한 불심이 아니었던들 가능키나 한 일이었을까. 돌계단을 지나 약사전에 오르니 마애불이 근엄하게 서 있다. 구례 사람들은 신라 고승 원효元曉가 도력을 발휘해서 손톱으로 그려 넣은 것이라고 했다. 약사불은 병을 고쳐주는 부처님이라는데, 삼국시대 오랜 전쟁으로 살상과 원한에 고통 받는 중생들의 마음을 치유하기 위해서 손가락 뼈마디가 드러나는 아픔을 견디며 이 바위에 마애불을 그려 넣은 걸까? 원효의 도력으로 그렸든 이름 모를 석공의 불심으로 그렸든 지극한 믿음이 없었다면 이 높은 절벽 위에 어찌 감히 부처님을 모실 수 있었을까. 천 년 전 누군가가 품었을 불심에 절로 고개가 숙여진다.

지장전을 지나 바위 사이를 돌아 올라가면 기암괴석으로 둘러싸인 산왕전이 나온다. 산왕전은 옛날 의상義湘, 원효, 도선道詵, 진각眞覺, 네 분의 성인이 수행하던 토굴 터로 사성암이라는 이름이 유래된 유서 깊은 수행 공간이다. 도선 스님이 수행했다는 도선굴, 허리를 굽히고 몸을 낮춰야 걸을 수 있다. 고려왕조 창건에 일조했던 사람, 하늘과 땅의 길을 일궈 사람의 길을 열었던 사람. 명예든 권력이든 원하는 만큼 가질 수 있었던 그가 이 좁은 바위틈에서 한겨울의 삭풍과 한여름의 폭염을 견디며 얻고자 했던 것은 무엇인가. 천년 전 도선이 서 있던 자리에서 다시 그를 생각한다.

명당 터에는 얽힌 이야기도 많다. 산왕전에서 만난 한 보살께서 재미있는 이야기 한 토막을 들려주신다. 여자의 몸으로 도인의 경지에 올랐다는 공양주 할머니. 그가 사성암과 인연을 맺은 것은 열일곱 살 때. 일제강점기 위안부로 끌려가지 않기 위해 절에 들어온 것이 인연이 되어 열반하실 때까지 팔십 평생 암자를 지키면서 홀로 도를 터득하신 분이셨다. 할머니가 젊었을 적에는 호랑이를 타고 다녔다는 전설 같은 이야기도 전해진다. 꽃 같은 나이에 이곳에 들어와 성인의 경지에 이르렀다는 노보살의 이야기가 전해내려 오는 곳, 사성암은 분명 예사롭지 않은 성자聖者들의 땅이다.

사성암에서 내려다 본 세상은 그야말로 만다라曼陀羅다. 넓디넓은 들판 너머로 섬진강이 태극 모양으로 흐르고 있고, 지리산의 넓은 산맥들이 사성암을 향해 고개를 숙이고 있다. 스님들의 낭낭한 염불 소리가 중생들의 미혹을 깨우고, 바람결에 들려오는 목탁 소리가 중생들의 마음을 다독인다. 사성암과 어우러진 발아래 풍경은 마음으로 보아야 제대로 볼 수 있는 지족천知足天의 풍경이었다.

벼랑 끝 암자에서 다시 묻는다. 삶이란 무엇인가? 중생들에게는 크고 작은 성공과 실패가 모여서 이루어지는 게 삶이 아닌가. 암자는 말한다. 성공과 실패는 본래 없는 것이니 분별심을 내려놓으라고. 그래야만 진정한 나를 만날 수 있다고. 희망은 절망 끝에서 시작된다고 했다. 옛날 성인들이 그랬던 것처럼 벼랑 끝에서 나를 놓을 수 있는 용기, 속된 것을 버리고 자신을 돌아보는 일이야말로 참된 나를 찾아가는 길이 아닐까? 빼꼼히 열려 있는 솟을 문을 따라가니 댓돌 위에 검정 털신 한 켤레가 그림같이 놓여 있다. 저 안에서 스님은 어떤 깨달음을 구하고 계실까….

땅의 좋은 기운과 스님들의 법문 소리로 마음이 넉넉해진 오후, 아쉬움 한 조각 남겨둔 채 다시 신발 끈을 묶는다. 사성암은 섬진강 자락에서 만난 한줄기 시원한 바람이었다.

* 만다라曼陀羅 : 불법을 깨닫기 위하여 수도하는 도량

신동문의 정원

가을바람이 설렁설렁 불어오는 어느 날, 정원 박람회가 열리고 있는 오창 미래지 공원에 들렀다. 시인 신동문辛東門을 추억하는 정원이 조성돼 있다고 들었다. 한적한 행사장 주변에는 주렁주렁 매달린 모과나무 사이로 오색의 코스모스가 불어오는 바람에 하늘거린다.

행사장에 들어서니 조경 작가가 만들어 놓은 초록의 정원들이 제각각의 모습으로 관람객의 눈길을 기다리고 있다. 잘 정돈된 정원 사이로 다소곳이 나있는 숲길을 걸으니 능선 너머의 풍경은 시가 되고, 시는 또다시 길 위의 풍경이 된다. 한참을 걷다 보니 '동문東門, 하얀 이상의 검은 정원'이라는 표지판이 보인다. 신동문의 정원이었다. 동쪽 벽을 향해 매달려 있는 하얀 쪽문, 그리고 검은색 정원. 글로써 한 시대를 풍미했던 시인의 정원이라기에 화려할 줄 알았다. 그런데 저 하얀 쪽문과 검은색 정원은 뭐란 말인가. 작가는 하얀 쪽문을 통해 동문이 꿈꿨던 이상을, 그리고 검은색 정원은 암흑 같았던 시대적 현실을 표현하고 싶었는지도 모른다.

동문의 원래 이름은 건호建浩, 동문이란 이름은 그가 폐결핵으로 충북도립병원에 입원해 있을 때 우연히 창밖을 바라보니 죽은 사람들은 모두 동쪽 문으로 나가는 것을 보고 필명을 동문으로 지었다고 한다. 시구문屍口門을 필명으로 삼은 그의 이름 동문, 나에게는 그 어떤 시보다도 강렬하게 다가왔다. 그는 우리나라의 어두운 시대를 뜨겁게 살다간 시인이었다. 일제강점기와 6 · 25사변, 4 · 19혁명과 5 · 16군사정변 등 시대적 아픔을 온몸으로 겪어온 그는 정치권력의 독재와 부조리 그리고 전쟁과 기계문명의 비정함에 펜을 들어 용기 있게 맞섰다.

4 · 19혁명을 노래한 많은 시들 중에서 나는 동문의 '아! 신화같이 다비데군群들'을 좋아한다. 삼십 대 중반까지 청주에 머물면서 신문과 언론에 글을 썼던 그는 4 · 19혁명이 일어나자 학생 데모의 배후로 지목되어 도망치듯 서울로 올라갔다. 그때 서울은 수많은 시위대가 종로와 광화문의 거리를 가득 메우고 대통령 집무실이었던 경무대를 향해 돌진하고 있었다. 수많은

젊은이들이 경찰의 총칼 앞에 쓰러지고 피 흘리면서도 멈추지 않고 토해내는 절규를 그는 현장에서 똑똑히 보고 들었다.

마지막 발악하는 / 총구의 몸부림
광무狂舞하는 칼날에도 / 일사분란
해일처럼 해일처럼 / 밀고 가는 스크림
승리의 기를 꽂을 / 악의 심장 위소危所를 향하여
아! 신화같이 / 전진하는 다비데군들

(신동문, 아! 신화 같이 다비데군群들 중)

그 후 동문은 김수영, 신동엽과 함께 우리나라 3대 저항 시인으로 불렸다. 그가 이토록 사회에 저항하는 글을 썼던 이유는 무엇일까? 시가 삶을 바꿀 수 있다는 믿음 때문이었을까. 아니면 어두운 현실 속에서 말이라도 마음껏 하고 글이라도 소신껏 써보고 싶었던 젊은 시인의 소리 없는 절규였을까.

1975년, 창작과 비평(대표 신동문)에 발표된 이영희 교수의 베트남 파병에 관한 글이 문제가 되어 남산 중앙정보부에 끌려간 동문은 다시는 글을 쓰지 않겠다는 각서를 쓴 후에야 풀려날 수 있었다. 절필 이후 그는 서울의 지식인들이 누릴 수 있었던 것들을 모두 버린 채 단양 오지 마을로 낙향하여 세상을 떠날 때까지 농사꾼으로 침술가로 살았다. 그가 세상을 떠난 지 20여 년이 지난 지금 그를 기억하는 사람은 얼마나 될까? 행여 기억을 한다고 해도 절필하고 초야에 묻혀 살았던 불행한 시인 정도로만 기억을 하고 있지는 않을까.

고독했지만 시처럼 살다간 동문, 그는 정원 동쪽에 난 하얀 쪽문을 끝내 열지 못했다. 어쩌면 그 문은 처음부터 열리지 않는 문이었을지도 모른다. 시인이면서도 시를 쓸 수 없었던 그의 슬픈 고독은 어디에 두고 살았을까.

* 시구문屍口門 : 시체를 내가는 문

어머니의 위패

일요일 새벽 전화벨이 울린다. 이 시간에 무슨 전화일까? 혹시 부모님 신변에 무슨 일이라도 생긴 건 아닐까. 그 짧은 순간에 많은 생각들이 머리를 스치고 지나간다. 얼른 수화기를 들어 전화를 받으니 어머니 목소리가 저 멀리서 들려온다. "애비야, 오늘 뭐하니?" 별일 없으면 원주에 있는 절에 가자고 하신다. 내려앉은 가슴을 추스르며 새벽부터 웬 절이냐고 물으니 오래전부터 꼭 한 번 가보고 싶었단다. 평소 다니던 절을 가까이 두고 왜 원주에 있는 절에 가자고 하시는지 알 수가 없었다. 급하면 동생과 다녀오라고 해도 아니란다. 나와 함께 가겠단다.

아침 일찍 길을 나섰다. 둘이서 떠나는 여행길, 길가의 노란 개나리꽃들이 눈웃음 가득 봄 햇살을 담아 꽃망울을 터트리고 있었다. 소중한 것은 쉽게 얻어지지 않는가 보다. 부처님을 뵈러 가는 길이 순탄치만은 않았다. 남제천 톨게이트를 돌아 제천 방향 자동차 전용 도로를 달리고 있는데 갑자기 뒷바퀴에서 탱크 굴러가는 소리가 났다. 펑크였다. 우선 급한 대로 견인차를 부르고 어머니와 나는 도로변 난간에 나란히 앉아서 한참 동안 견인차 오기만을 기다려야 했다. “애비야, 괜히 오자고 했나 보다, 집에 있었으면 이런 일은 안 당했을 텐데….” 미안한 표정으로 자책하듯 말씀하시는 어머니의 등 뒤로 동박새 한 마리가 숲속을 박차고 날아오른다. 집을 떠나온 지 한나절이 지나서야 절에 도착할 수 있었다.

주차장 입구에는 미륵산 용화사라고 새겨진 큰 돌이 서 있고 절을 오르는 계단 위에는 망태기를 둘러맨 포대화상이 해맑은 웃음으로 우리를 맞아 주었다. 계단을 따라 절 마당에 오르니 십이지신상의 호위를 받으며 미륵 부처님이 근엄한 자태로 연좌대 위에 서계신다. 일요일 오후라 그런지 절의 일상은 낯익은 석상들만 여기저기 서 있을 뿐 한산하다. 어머니를 따라 지장전으로 발걸음을 옮겼다. 절에서 지장전은 죽은 사람이 극락세상에 다시 태어나도록 명복을 빌어주는 곳이다. 전각殿閣 안에는 돌아가신 분들의 위패로 가득 차있었다.

어머니께서는 이곳저곳을 둘러보시더니 한 위패 앞에서 발걸음을 멈추셨다. 가까이 가보니 아버지와 어머니의 위패가 나란히 모셔져 있었다. 어찌 된 일인가? 죽은 사람에게 제를 올릴 때 사용하는 물건이 위패 아니던가. 그런데 아버지와 어머니의 위패가 왜 여기에 있단 말인가? 자초지종 이야기를 들으니 어머니가 다니는 절에서 한 스님을 만났는데 그 스님의 권유로 이곳에 위패를 모시게 되었단다. 살아생전에 모셔 놓으면 부부의 정도 깊어지고 건강하게 오래오래 사신단다. 죽어서도 삼악도三惡道에 빠지지 않고 극락왕생하신단다. 아무도 모르게 어머니께서는 사후세계를 준비하고 계셨다.

정신이 없어지면 이것마저도 못하실까 봐 서둘러서 하신 건가, 자식들에게 짐이 될까봐 말씀조차 하지 않으셨던 건가. 큰아들에게 이것을 보여주고 싶어서 여기에 오자고 했단 말인가. 억장이 무너져 내렸다. 이 나이 먹도록 나는 자식들 커 가는 것만 알았지 부모님 늙어 가는 것을 잊고 살았다. 보고 싶어 달려가면 언제나 내 곁에 계시는 분으로만 알았다.

집으로 돌아오는 길, 차 안에서 어머니가 봉투 하나를 건네주셨다. 열어보니 위패 증서였다. 두 분이 돌아가신 후에도 오래도록 모셔 두겠다는 내용이었다. 다음에 부모님이 안 계셔도

이 증서를 들고 와서 위패를 찾아보라는 어머니의 유언처럼 느껴졌다. 뉘엿뉘엿 넘어가는 저녁 하늘 위로 때 이른 하현달이 애처롭게 걸려있다. 숙제를 마친 아이처럼 뒷자리에 앉아 편히 잠든 어머니를 바라보니 눈물이 주르륵 흘러내렸다.

* 삼악도三惡道 : 악인이 죽어서 가는 세 가지의 괴로운 세상
(지옥도, 축생도, 아귀도)

| 3장 |

철없던 남편

사람들은 말한다. 부부는 사랑으로 만나서 정으로 살아가는 거라고.
때로는 후회하고 절망하면서도 쏟아지는 빗속을 함께 걸어가는 거라고.
철없던 남편의 지난날들이 흩어지는 파도의 물거품처럼 내 가슴에 밀려온다.

첫 마음

또 한 해가 시작되었습니다. 올해는 흐린 날씨 탓에 떠오르는 해를 볼 수가 없었습니다. 하얀 눈길 위에 서 있는 기분입니다. 아무도 걷지 않은 새하얀 길, 올해도 어김없이 제가 걸어가야 할 길입니다. 눈 내리는 들판을 걸을 때에는 이리저리 함부로 걷지 말라 던 어느 스님의 시 한 구절이 생각납니다. 제 뒤를 따라서 걷는 사람들이 혼란스럽지 않도록 조심스럽게 한발 한발 발자국을 새겨 넣어야겠습니다.

아직은 이른 새벽, 텅 빈 사무실에 홀로 앉아 있습니다. 출입문 위에는 하얀 실타래를 매달고 낯익은 코뚜레가 부적처럼 걸려있습니다. 오 년 전 사무실을 이곳으로 옮기면서 직원들의 소망을 담아서 걸어 놓았는데 그 시절 사람들은 흔적이 없고, 저 코뚜레만 그때 모습 그대로 자리를 지키고 있습니다. 참

선하는 수도승의 마음으로 다시 소망을 담아봅니다. 올해는 조금 더 맑은 눈으로 세상을 바라볼 수 있었으면 좋겠습니다. 그리고 마르지 않는 샘물처럼 나의 사람들과 가슴 깊은 사랑을 나눴으면 좋겠습니다. 가끔씩은 산길을 걷다가도 나를 마주하는 순간들이 있었으면 좋겠습니다. 열심히 살다보면 이런 소망들이 이루어지지 않는다 하더라도 후회보다는 기쁨이 크리라 생각됩니다. 내게 주어진 시간의 마디마디에 더 많은 땀방울을 새겨 넣어야 가능한 일입니다.

해마다 이맘때면 관공서나 기관에서 좋은 글들을 발표합니다. 아마도 희망 때문일 겁니다. 여민동락與民同樂, 청주시에서 발표한 사자성어입니다. '시민들과 즐거움을 함께 한다'는 뜻인데 이면에는 선정을 베풀겠다는 지도자의 의지가 담겨져 있습니다. 선정을 베푼다는 것은 함께 나누는 일입니다. 시민들의 기쁨과 슬픔을 지도자가 알아주고 함께 나눌 때 시민들은 지도자를 믿고 따를 수가 있습니다. 언제 들어도 어머니의 손길처럼 넉넉하고 자애로운 말입니다.

저도 성어成語 하나를 선택했습니다. 호시우보虎視牛步, '호랑이의 눈으로 세상을 보고, 소처럼 우직하게 걸어간다'는 뜻입니다. 몸을 낮추고 목표를 예리하게 주시하는 것이 호시입니다. 목표를 정하면 포기하지 않고 우직하게 걸어가는 것이 우보입니다. 호랑이의 눈으로 세상을 보는 일은 쉬울지 몰라도 목표를 포기하지 않고 꾸준하게 걸어가는 것은 쉬운 일이 아닙니다. 인생은 멀리 가기입니다. 먼 길을 가려면 숲을 보라고 했습니다. 태양이 하늘의 얼굴이듯 숲은 산의 얼굴이기 때문입니다. 나무만 바라보는 조급함으로는 먼 길을 갈 수가 없습니다. 이제부터라도 아집과 편견에서 벗어나 내 손길을 원하는 누군가의 손을 잡고 묵묵하게 먼 길을 걸어가야겠습니다.

얼마 전 후배에게 연하장 한 통을 받았습니다. 해마다 받는 연하장인데도 받을 때마다 새로움을 느낍니다. 딸과 찍은 사진을 인쇄하여 한 자 한 자 써 내려간 글을 읽다보면 어느 순간 코끝이 찡할 때가 있습니다. 후배는 아내와 사별하고 딸과 둘이 살고 있습니다. 오랫동안 고달팠을 그의 삶을 생각하면 눈물이 납니다. 연하장을 보고 있으면 딸아이가 커가는 모습도 볼 수 있습니다. 어리게만 생각했었는데 어느새 아빠 어깨의 무거운 짐을 나누어질 수 있을 만큼 컸습니다. 엄마 없이 자란 딸이 참으로 대견스럽습니다. 새해에는 후배와 딸에게도 희망이 가득했으면 좋겠습니다.

노적성해露積成海라는 말이 있습니다. 이슬방울이 모여서 바다를 이룬다는 뜻입니다. 희망은 포기하지 않아야 이루어집니다. 새로 돋아난 난의 촉을 보듬듯 조용히 책상머리에 앉아 새해 첫 마음을 보듬어 봅니다. (2020. 1.)

소나무처럼

눈이 내린다. 몇 달 전 이곳을 찾았을 때는 누런 벼들이 고개를 숙이고 있었는데 눈 내리는 텅 빈 들판은 모든 걸 내려놓고 길을 떠나는 여승의 뒷모습처럼 쓸쓸하다. 저 멀리 보이는 소나무 한 그루, 오늘도 변함없이 토성을 지키며 홀로 서 있다. 추운 겨울이 되어야만 소나무가 시들지 않음을 안다고 했던가. 애국가 속의 소나무처럼 웅장함은 없을지언정 눈바람 속에서도 푸르름은 잃지 않았다.

토성 안을 들어서니 노부부가 성城 안길을 걷고 있다. 두 손을 꼭 잡고 서로 기대어 두런두런 나누는 이야기들이 살아온 연륜만큼이나 다정해 보인다. 무슨 이야기를 저렇듯 정답게 주고받는 걸까? 하얀 눈을 맞으며 서있는 소나무가 가끔씩 내비치는 햇살에 반사되어 더욱 푸르름의 빛을 발하고 있다.

정송오죽淨松汚竹, 청정한 곳에서는 소나무의 기상이, 오염된 곳에서는 대나무의 절개가 빛난다고 했던가. 옛날 선비들은 의리와 절조를 미덕으로 삼았다. 그래서 소나무를 좋아했다. 늘 변함없는 소나무의 기상으로 재야에서는 청빈하게 살았고, 벼슬길에 올라서는 청백을 몸소 실천하면서 살았다. 각루角樓에 올라서서 눈을 맞고 서있는 소나무를 바라보니 문득 세한도歲寒圖의 노송 한 그루가 머릿속에 떠오른다.

추사秋史가 제주도에 유배되어 다섯 번째 맞는 그 해 겨울날, 찾는 이 없고 세상에서 잊힐것 같은 두려움의 시간들이 무심히 흐르고 있었다. 유배된 선비에게 무엇보다 힘든 것은 책을 마음껏 볼 수 없는 괴로움이었으리라. 이때, 역관 출신으로 중국을 드나들던 제자 이상적으로부터 책이 배달되었다. 이 고마움을 어찌 말로 다 표현할 수 있을까. 추사는 붓을 꺼내 들었다. 그리고 새삼 깨닫게 된 제자의 따뜻한 마음을 세한도에 그려 넣었다. 추운 겨울 텅 빈 공간에 쓸쓸히 자리 잡은 초라한 누옥, 쓰러질 듯 외롭게 서있는 노송 한 그루와 잣나무 세 그루. 노송은 한파 속에서도 변함없이 푸르른 소나무처럼 혼탁한 세상에서 꼿꼿한 선비 정신을 지키고자 했던 추사 자신의 모습이 아니었을까? 그림을 받아든 이상적은 스승의 세심한 마음에 감동하여 눈물을 흘렸다. 그리고 장무상망長毋相忘, 스승의 가르침을 오래도록 잊지 않겠다는 다짐의 글을 세한도 한쪽 구석에 깊숙이 새겨 넣었다. 먹물보다 진한 사제의 정이 이런 것인가?

한 세기가 넘었어도 세한도가 많은 사람들에게 감동을 주는 것은 힘든 시절에 스승과 제자가 나눴던 변치 않는 절개와 의리 그리고 사랑 때문이었다. 어려움 속에서도 저 푸른 소나무와 같이 당당함을 잃지 않고 편견 없이 사람을 사랑하는 것. 조상들이 목숨처럼 지켜왔던 선비 정신이었다. 선비처럼 산다는 것이 쉬운 일은 아니다. 지절志節이 있어야 하고 학문이 깊어야 한다. 무엇보다 청빈하고 인생의 도리를 알아야 가능한 일이다. 오늘날 바쁜 일상을 살아가는 사람들에게 선비 정신은 낯설기만 하다.

사람과 사람을 이어주는 것은 믿음과 신뢰다. 조상들이 소나무의 푸르름과 의연한 자태에서 삶의 지혜를 배웠듯이 나도 의롭지 않은 명예보다는 떳떳한 가난을 선택할 수 있는 용기를 품고 살아야겠다. 몰아치는 눈보라 속에서도 흔들리지 않고 서 있는 저 푸른 소나무처럼….

꽃을 닮은 여인

며칠 전 사무실로 전화가 왔다. 가뭄에 타들어 가는 율량천변 꽃밭에 하루도 빠짐없이 물을 주는 사람이 있어서 칭찬해 주고 싶다는 내용이었다. 전화기를 타고 오는 그분의 목소리에는 떨림과 진실함이 공존해 있었다. 그냥 지나쳐도 됐을 법한 일을 일부러 전화까지 주신 그분의 정성이 고마웠다. 그리고 가만히 있어도 땀이 등줄기를 타고 흘러내리는 한여름 날씨에 꽃밭에 물을 주는 사람이 누굴까 하는 궁금증도 생겨서 현장을 나가보기로 했다. 사무실을 나서니 비온 뒤라 그런지 햇살이 따가웠다.

현장에 도착하니 율량천변 언덕 위, 작은 정자에 동네 어르신들이 옹기종기 모여앉아 담소를 나누고 있었다. 가볍게 인사를 드린 후 출장 온 목적을 말씀드렸다. "매일같이 꽃밭에 물을 주는 분이 계신다고 해서 찾아왔는데 누군지 아세요?" 어르신들은 불청객처럼 찾아온 나를 반갑게 맞아 주며 손가락으로 꽃밭을 가리켰다. 살며시 내려가 보니 그곳에는 분꽃, 코스모스, 해바라기, 백일홍, 이름 모를 꽃들이 예쁘게 피어 있었다. 어린아이의 미소처럼 살짝 고개를 들어 피고 있는 꽃들은 이곳을 지나는 사람들에게 청량감을 주기에 충분해 보였다.

다시 어르신들께 여쭈었다. "이 꽃밭을 가꾸는 분은 어딜 가면 만날 수 있나요?" 이번에도 어르신들은 손가락으로 어딘가를 가리켰다. 손가락 끝을 따라가 보니 육십 대 중반의 아주머니 한 분이 차에서 내려 물건이 가득 든 보따리를 들고 정자를 향해 걸어오고 있었다. "저분이 꽃밭을 가꾸시는 분인가요?" 어르신들이 고개를 끄덕였다. 아주머니는 들고 온 물건들을 정자 위에 풀어 놓았다. 손수 담갔다는 오미자차와 정성스레 준비해 온 찬합 안에는 곱슬곱슬하게 잘 익은 감자와 금방 썰은 싱싱한 멜론이 가득 담겨져 있었다. 동네 어르신들을 드리려고 가져오셨단다. 소박한 음식 앞에 둥그렇게 모여앉아 이야기꽃을 피우는 모습이 한적한 시골의 원두막 풍경 같았다.

그분은 이 동네 통장 일을 하고 계시는 분이었다. 언제부터 꽃밭을 가꿨느냐고 물으니 지난 삼월, 동洞에서 꽃길을 조성한 뒤로는 매일 아침 출근하여 꽃밭을 가꾸고 계신단다. 지난번 폭우에 그동안 가꿔온 꽃밭은 모두 쓸려 내려갔고 지금 꽃밭은 다시 흙을 채우고 가까운 종묘장에 가서 꽃씨를 하나 둘 얻어다 심은 거란다. "조금 더 일찍 오셨으면 예쁜 꽃밭을 보셨을 텐데…."라며 아쉬워하는 표정 속에는 햇살처럼 한가득 정이 담겨 있었다.

힘들지 않느냐고 물으니, 좋아서 하는 일이라며 미소로 답을 대신했다. 옆에서 조용히 침묵을 지키던 할머니 한 분이 그 분 자랑에 한몫을 더한다. "남자고 여자고 꽃 싫어하는 사람이 어디 있어. 더운 날씨에 통장님이 꽃길 만드느라 고생이 많어. 다른 동네 사람들도 산책을 많이 오는데 칭찬이 자자햐" 그분에 대한 어르신들의 칭찬은 입에 침이 마르도록 한참 동안 이어졌다. 얼마 전까지는 지역 요양원에서 봉사 활동을 하셨는데 어르신들을 부모님처럼 모실 수 있어서 좋았단다. 요즘은 각박한 세상에 동네 청소년들이 탈선이라도 할까 걱정되어 매일 밤 어머니 방범대원들과 순찰을 돌고 계신단다. 봉사가 몸에 밴 부지런한 분이었다.

봉사의 삶을 산다는 것은 생각처럼 쉬운 일이 아니다. 오늘날과 같이 어려운 경제 여건 속에서 자신의 삶을 희생하면서

까지 남을 돕는다는 것은 정말로 힘든 일이다. 오랜 세월 사회의 그늘진 곳에서 사랑과 봉사를 몸소 실천해 오고 계시는 그 분이야말로 우리사회의 작은 등불이라고 나는 믿는다.

돌아오는 길, 꽃밭을 가꾸러 종종걸음으로 율량천을 내려가던 그분의 뒷모습이 자꾸만 떠올랐다. 이런 분들이 계시기에 아직도 우리 사회는 희망이 있는 것 아니겠는가.

미황사에서

자연의 아름다움이 이런 것인가. 산은 절을 품고 절은 산을 품어 어느 것이 주인이고 어느 것이 손님인지 알 수가 없다. 산과 절은 태고부터 저렇게 둘인 듯 하나로 조화를 이루고 있었으리라.

땅끝 마을 달마산 바위 능선 아래 우뚝 솟은 절 미황사, 일주문을 지나 야트막한 돌담 사이 계단을 오르니 자하루紫霞樓가 수줍게 그 모습을 드러낸다. 남해 바다를 품에 앉으려는 듯 기품 있는 모습이 당당하다. 천장 낮은 누각을 지나며 속절없이 살아온 지난날들을 참회하니 마음속에 절로 하심下心이 인다. 부처님이 사신다는 도솔천이 저러할까. 경내에 들어서니 전각들의 배치가 정갈하다. 감로수 한 잔에 목을 축이니 삿됨은 사라지고 깨달음이 깊어진다. 어디선가 들려오는 깊은 울림의 소리. 겨울바람을 타고 들려오는 종소리가 은연隱然하다. 누구의 간절함을 품었기에 저리도 깊을까. 부처님께서 속세의 중생들에게 들려주는 법문의 소리는 아닐까. 고요하게 울려 퍼지는 저 소리가 중생들의 마음속에 널리 퍼져나가기를 발원해 본다.

저 멀리 석등 너머로 대웅전이 옷을 벗고 서 있다. 오래전에는 예쁜 단청 옷을 입고 있었을 터, 세월이 흐르면서 그 빛을 잃고 지금은 저렇게 나뭇결만 남아있는 것이리라. 단청을 벗은 소탈한 모습이 푸른 하늘과 어우러져 더없이 우아하다. 헝클어진 마음을 가지런히 하고 다시금 나를 돌아본다. 먹고살기 바빠서 세월 가는 줄 모르고 살았는데 언제 이렇게 나이를 먹었는가. 나도 옷을 벗으면 저렇게 우아할 수 있을까. 대웅전을 향해 내딛는 발걸음이 힘없이 늘어진다.

어떤 의미를 품었을까? 대웅전 초석 위에 새겨진 게와 거북이, 어간문御間門 옆 기둥머리에 두 마리의 용. 게와 거북이는 바다를 의미하는 것이리라. 그렇다면 대웅전은 바다 위에 떠있는 배가 아닌가. 대웅전은 두 마리의 용이 중생들을 싣고 아미타 부처님이 계시는 서방정토 극락세계로 노를 저어 나아가는 커다란 반야용선般若龍船이었다. 건축물 하나에도 은유와 상징으로 의미를 더할 줄 알았던 조상들의 멋스러움에 절로 고개가 숙여진다. 법당 문을 열고 다소곳이 부처님 앞에 서니 반야용선에 몸을 실은 듯 몸과 마음이 가벼워진다.

삼성각에 오르니 야트막한 돌담이 아기자기하다. 전각 안에는 칠성탱화와 달마산 산신, 그리고 홀로 깨달음을 얻었다는 나반존자가 모셔져 있다. 땅끝 마을 사람들은 이곳에서 무슨 소원을 빌었을까? 바다를 터전 삼아 살았을 텐데, 고기 잡는 남편의 무탈함을 빌었겠지. 객지에 나간 자손들을 위해서도 빌고 또 빌었겠지. 전각마다 중생들의 간절함이 담겨있지 않은 곳이 어디 있으랴. 그러고 보니 절은 단순한 건축물이 아니었다. 부처님의 말씀을 품고 있는 깨달음의 공간이었다. 나도 깨달음의 지혜를 얻을 수 있을까. 부질없는 생각에 하늘을 보니 불어오는 솔바람이 얼굴을 쓸고 지나간다.

눈빛 고운 스님의 안내로 세심당洗心堂을 지나 동백나무 숲길을 걸으니 부도浮屠 밭이 보인다. 산새들의 재잘거리는 소리에 귀가 맑아진다. 청정해서 고독한 낙엽들의 경전, 묵언수행을 하고 있는 돌들의 좌선, 바람처럼 살다 가신 스님들의 침묵. 돌꽃을 피워낸 천년의 세월만이 켜켜이 쌓여있다. 경건한 마음으로 부도와 마주하니 삶과 죽음은 다른 모습이 아니라고 고승들이 가만히 나에게 일러준다.

달마산 일 만 석불 군상들이 굽어 살피는 절, 미황사를 아름다운 절이라고 부르는 이유가 단지 풍경 때문만은 아닌 듯하다. 자연과 함께 하는 이 순간 속세에 찌든 나를 벗어버리고 무욕의 참 나를 발견할 수 있기 때문은 아닐까? 붉게 물든 석양 아래 미황사는 오늘도 서방 극락정토를 향해 왕생의 항해를 하고 있다.

* 반야용선般若龍船 : 서방정토 극락세계를 건널 때 타는 상상의 배

젓가락 3

청주시문화재단에 젓가락 연구소가 문을 열었다. 한국과 중국, 일본의 공통 문화인 젓가락을 체계적으로 연구하고 다양한 콘텐츠를 개발하기 위해서다. 연구소에 들어서니 한눈에 비교할 수 있도록 한국과 중국, 일본의 젓가락이 나란히 놓여 있다. 언뜻 봐도 중국 젓가락은 길고 끝이 뭉툭했다. 그리고 일본 젓가락은 짧고 끝이 뾰족했다. 한국 젓가락은 중국과 일본의 중간이었다.

문헌을 찾아보니 세 나라의 젓가락 생김이 다른 것에는 그럴 만한 이유가 있었다. 일본 사람들은 식사를 할 때 그릇을 들고 먹는다. 음식과 입의 거리가 짧으니 젓가락의 길이도 짧았다. 생선을 즐겨 먹으니 젓가락 끝은 가시를 바르기 좋게 뾰족했다. 중국 사람들은 테이블 한가운데 음식을 놓고 가족이 함께 식사를 한다. 멀리 있는 음식을 덜어오려니 자연히 젓가락은 길었다. 기름에 튀긴 음식이 많다 보니 미끄럼을 방지하기 위해 끝은 뭉툭했다. 우리나라는 가족이 함께 식사는 하지만 밥상이 좁아서 접시에 놓여있는 음식을 그냥 집어서 입에 넣었다. 일본의 젓가락보다는 길고 중국의 젓가락보다는 짧은 이유다.

삼국의 젓가락 진열대 뒤에는 분디나무로 만든 3척 3촌(1미터) 길이의 젓가락이 있다. 일명 천국과 지옥의 젓가락이다. 책 속에 소개된 천국과 지옥의 젓가락 이야기는 이렇다. 천국과 지옥에 사는 사람은 사는 집, 입는 옷, 먹는 음식이 똑같다. 3척 3촌 길이의 젓가락으로 음식을 집어 먹어야 하는 규칙도 같았다. 다른 것이 있다면 지옥 사람들은 긴 젓가락으로 음식을 집어 자기 입에 넣으려고 하는데 천국 사람들은 음식을 집어 남의 입에 넣어 준다는 것이었다. 나보다 남을 먼저 생각하는 마음, 우리 조상들은 그 속에 천국이 있다고 믿었던 것이다.

일억 원짜리 젓가락을 보았는가? 일본에서 만든 젓가락이다. 흑단나무에 금과 다이아몬드를 박았으니 그 호화스러움은 말할 것도 없다. 일본은 젓가락 상품 특허기술이 2천 가지가 넘는다고 한다. 중국도 마찬가지다. 고가품의 '원홍'이라는 젓가락을 상업화하여 많은 사람들의 사랑을 받고 있다. 젓가락 종주국으로서 젓가락 문화에 대한 자부심이 대단하다. 그런데 우리는 어떤가? 지역 어디를 가도 젓가락 전문 판매점을 찾아보기 힘들다. 우리나라 사람들에게 젓가락은 밥 먹는 도구일 뿐 별다른 관심이 없는 것 같다. 젓가락 장인들이 있기는 하지만 제대로 대접조차 받지 못 하고 있다.

젓가락 전쟁은 시작되었다. 일본과 중국이 젓가락을 상품화하여 세계시장을 주름잡고 있지만 동아시아인의 축제 '젓가락 페스티벌'은 대한민국 청주에서 열리고 있다. 노벨문학상을 수상한 펄벅Pearl Buck 여사는 '한국인의 젓가락질은 밥상 위의 서커스를 보는 것처럼 신기하다'고 했다. 우리는 쇠젓가락으로 콩을 집는 민족이다. 이것이 우리 젓가락 문화의 우수성이다. 한국인이 양궁을 잘하고 골프를 잘치고 세계 최고의 IT강국으로 발전할 수 있었던 것은 그들이 흘린 땀도 있었지만 쇠젓가락을 사용하여 발달된 섬세함과 집중력, 그리고 두뇌의 영향도 있었음을 부정할 수 없다.

미래 학자 자크 아탈리Jacques Attali는 저서 '미래의 물결'에서 문명의 축은 아시아로 오고 있다고 했다. 앞으로 세계를 이끌어갈 열한 개 나라 중 하나로 한국을 꼽았다. 2025년까지 한국의 국내 총 생산은 두 배로 늘어날 것이고 탁월한 기술력과 문화적 역동성은 세계를 매혹시킬 것이라고 했다. 나는 그의 문화적 역동성이란 말에 주목하고 있다. 한 나라의 역사성을 바탕으로 문화 콘텐츠를 개발하는 것, 그리고 그것을 활용하여 경제를 활성화 시키는 것이 문화적 역동성이라면 나는 오랜 세월 한국인의 문화 유전자가 숨어있는 젓가락에서 그 답을 찾고 싶다.

옛 부터 금속 문화가 발달되어 금속활자의 꽃을 피웠던 곳, 동아시아인의 축제 젓가락페스티벌이 열리는 곳, 이곳 청주에서 세계의 젓가락 혁명이 시작되기를 기대해 본다. (2017. 9)

하루

아버지가 입원을 하셨다. 고령의 나이에 면역력까지 떨어지신 아버지가 환절기의 봄바람을 이기지 못하고 폐렴에 걸리셨다. 병이 다 나을 때까지 아침, 저녁으로 항생제를 맞으면서 병원 생활을 하셔야 될 텐데 힘든 날들을 잘 견뎌주실지 걱정이다.

일요일 아침, 병원에 도착하니 아버지가 주섬주섬 짐을 싸고 계셨다. 퇴원할 때가 아직도 멀었는데 짐은 왜 싸고 계시는지? 어안이 벙벙했다. 간호사에게 물으니 항생제 부작용으로 내성균이 생겼단다. 다른 환자들에게 전염될 수 있어 1인 병실로 옮겨야 한단다. 말이 좋아 1인 병실이지 격리 수용 아닌가. 이런 사실을 아는지 모르는지 아버지는 짐 정리를 마치고 병실 옮길 준비를 서두르고 계셨다. 병실을 옮기니 적막하고 고요했다. 아버지도 힘에 부치셨던지 말씀이 없으셨다.

얼마나 시간이 흘렀을까. 병원 조리원이 밥을 가지고 오셨다. 벌써 점심때가 된 모양이다. 아버지가 밥을 덜어 건네며 같이 먹자고 하신다. 먹어야 하나, 말아야 하나? 먹자니 내성균이 걱정이고 안 먹자니 아버지가 서운해하실 것 같았다. 그래 먹자! 아버지와 둘이서 밥을 먹을 수 있는 시간이 언제 또 있을까. "병원 밥이 맛있네요", "그래, 많이 먹어라" 아버지가 밥술에 생선 토막 하나를 얹어주신다. 나이 먹은 자식도 부모님 앞에서는 어린애라더니….

식곤증 때문인가. 아버지가 곤하게 잠이 드셨다. 하루 종일 병실에서 지루한 시간을 보내기가 얼마나 힘드실까. 내가 어렸을 적 몸이 아파 식은땀을 흘리면 아버지는 나를 업고 한달음에 동네 병원을 찾았었다. 그리고 병실에 누워있는 자식의 머리맡을 오랫동안 지키셨다. "어서 일어나거라, 사내는 밥을 많이 먹어야 건강해지는 거여" 나중에야 알았다. 무뚝뚝한 아버지의 이 말씀이 자식 사랑이었다는 것을. 그때는 어깨가 참 넓었었는데 지금 내 곁에 누워 계신 아버지의 모습은 왜 이리 초라한가. 가는 세월 탓이려니 생각해 보지만 지나간 시간의 추억들을 더듬어 보면 가슴속에 시린 바람이 분다.

어린 시절 나는 부모님 속을 많이 썩였다. 초등학교를 다니던 어느 날, 그날도 친구와 다투고 교무실로 불려갔다. 선생님께서 부모님을 모셔오라고 하셨다. 학교 다닐 때는 부모님 모셔오라는 말이 정말 싫었다. 어떻게 꺼내야 하나! 한참을 망설이다 어렵게 말씀을 드렸다. "선생님이 내일 학교에 오시래요" 아버지는 한숨만 길게 쉬셨다. 다음날 오후, 아버지가 교실 문을 열고 들어오셨다. 그리고 선생님께 제가 자식을 잘못 가르친 탓이라며 머리 숙여 사죄를 드렸다. 교실 밖으로 나가서도 아버지는 자리를 떠나지 못하셨다. 유리창 너머로 한참 동안 내 모습을 바라보고 계셨다. 얼마나 곤욕스러우셨을까. 세월이 흘렀어도 아버지의 그때 모습을 잊을 수가 없다.

아버지는 나에게 무엇을 하라고 강요한 적이 없으셨다. 대학을 갈 때도 그랬고, 직장을 잡을 때도 그랬다. 관심이 없는 줄만 알았다. 직장을 잡아서 첫 출근하던 날 아버지가 말씀하셨다. "얘야, 고생 많았다" 그때 알았다. 남 몰래 아버지도 자식 걱정을 하고 계셨다는 것을. 아버지가 내 삶을 강요하지 않았던 것은 세상 순리대로 사는 법을 가르쳐 주고 싶어서 그러셨다는 것을 철이 들고 나서야 알았다.

언제 일어나셨는지 아버지가 환하게 웃고 계신다. 찾아오는 사람 없는 병실은 한적하고 쓸쓸하다. 휠체어를 빌려 아버지를 모시고 공원엘 나갔다. 공원에는 노란 산수유와 철늦은 동백꽃이 활짝 피어 있었다. 저 꽃이 지기 전에 아버지 손을 잡고 병원 문을 나서야 할 텐데….

몇 바퀴를 돌았을까. 아버지가 독백처럼 말씀하신다. "착하게 살거라", "애미한테 잘해라" 늘 듣던 이야긴데 오늘따라 저 말씀이 내 가슴을 파고든다. 아버지는 병상에서도 자식을 걱정하시는데 나는 바쁘다는 핑계로 아버지를 자주 잊고 살았다. 얼마나 더 들을 수 있을지. 아버지의 늘어진 어깨 너미로 쓸쓸히 저녁노을이 물들고 있다. 오늘도 또 하루가 지나가고 있다.

봄을 기다리는 이유

늦은 밤, 막내아들이 문을 열고 들어선다. 어깨가 무거워 보인다. 취업 준비 때문에 그러려니 생각을 하면서도 바라보는 마음이 편치가 않다. 미안한 마음에 살며시 방문을 열어 보지만 몸도 마음도 지쳐 있는 아들과 살가운 대화를 나누기가 쉽지 않다. 일찍 자라는 말 한마디 무뚝뚝하게 건네고 다시 문을 닫는다. 나는 안다. 지기 싫어하는 성격 탓에 생존경쟁에서 살아남기 위한 몸부림이 누구보다도 치열하다는 것을.

미술대학을 졸업하고 디자인 전문 회사를 다니던 딸이 얼마 전 직장을 그만두고 유학을 가겠단다. 함께 근무하던 대부분의 동료들도 유학을 다녀왔다고 한다. 보이지 않게 드러나는 실력의 차이와 학력의 한계를 극복하기가 힘들었던 모양이다. 언제부터 유학을 다녀와야 전문성을 인정받는 사회가 되었단 말인

가. 오래전부터 하고 싶었던 일을 그만두었다니 걱정이 앞서지만 담대하게 또 다른 길을 선택한 딸을 나는 믿는다.

신문이나 매스컴에서는 지난해보다 경제가 좋아졌다고 하는데 청년 실업은 점점 늘어나고 있다. 세계적 경제 위기 속에서 국내 기업들이 투자를 줄여 일자리를 창출하지 못했기 때문이란다. 상황이 이렇다 보니 지금 치르고 있는 취업과의 전쟁은 언제 끝이 날지 기약도 없다. 오죽하면 헬hell조선이라는 신조어가 생겼을까. 추운 날씨 속에서 취업의 꿈을 키워가고 있는 아이들의 어깨가 더욱 좁아 보인다.

상선약수上善若水, '물이 최고의 선'이라는 뜻으로 노자의 도덕경에 나오는 말이다. 물은 바위를 뚫고 산을 무너뜨리는 강인함이 있지만 마을 한 모퉁이를 돌아서 흐르는 여유로움이 있다. 그리고 의지가 강해서 바다로 향한 꿈을 포기하지 않는다. 성공한 삶이란 흐르는 물과 같이 꿈을 품고 사는 삶, 그 꿈을 정성껏 보듬고 가꾸어 가는 삶, 꿈을 이루어 얻은 열매를 다른 사람들과 나눌 줄 아는 삶이 아닐까. 그래서 나는 물과 같은 사람을 좋아한다.

성공한 사람들에게는 법칙이 있다. 하루에 세 시간씩 십 년을 노력하면 성공할 수 있다는 '일만 시간의 법칙'이 바로 그것이다. 간절한 마음으로 최선을 다하면 누구나 성공한 삶을 살아갈 수 있다. 사마천司馬遷은 한漢나라의 역사 기록을 담당하는 하급 관료의 일을 하다가 궁형이라는 굴욕을 당하면서도 불후의 명저 사기를 남겼다. 모차르트Mozart는 세 살 때부터 시작하여 일만 시간 이상을 작곡 공부에 전념한 끝에 스무 살이 넘어서 만든 곡들이 오늘날 명곡으로 많이 전해지고 있다. 간서치看書痴 이덕무李德懋도 서얼로 태어나 사십이 넘어서야 신분의 벽을 뛰어넘고 벼슬길에 올라 조선시대 인문학의 르네상스를 이끌었다. 이들은 모두 천재가 아니었다. 꿈을 이루기 위해 좌절을 딛고 일어선 노력하는 사람들이었다.

오늘은 입춘, 봄이 시작되는 첫날이다. 이제는 꽁꽁 얼어붙었던 땅도 녹고 동면하던 개구리도 잠에서 깨어나겠지. 추운 날씨 속에서도 생명은 이렇게 움트고 있다. 짧지 않은 인생길 조금 더디 가면 어떤가. 가다가 힘들면 쉬어가면 어떤가. 추운 겨울 비바람에 흔들리지 않는 나무처럼, 한여름 가뭄에도 마르지 않는 샘물처럼 항상 변화하고 새로움을 탐하는 삶을 살았으면 좋겠다.

약동하는 계절에 좌충우돌하면서도 저만의 빛깔로 두려움

없이 꿈을 찾아 나서는 아이들의 미래를 따뜻한 눈으로 바라봐야겠다. 내가 봄을 기다리는 이유다.

* 간서치看書痴 : 책만 읽어서 세상물정에 어두운 사람

노老보살의 기도

송홧가루 날리는 5월 어느 날, 관음사의 일상은 바쁜 듯 고요하다. 연초록 수액이 흐르는 불두화의 향기 속으로 장삼 자락 휘날리며 걸어가는 스님의 뒷모습이 가려佳麗하다. 옛날 할머니도 불두화 꽃이 피는 이맘때가 되면 청결한 학처럼 새 옷을 갈아입고 이 절을 찾았었다. 쓸쓸하고 외로운 삶, 부처님을 남편 삼아 이 절을 친구 삼아 평생을 사셨다.

절 마당에 들어서니 오색 연등이 허공을 가르며 주렁주렁 달려있다. 부처님 오신 날이 멀지 않은 모양이다. 연등을 밝히는 중생들의 마음은 욕심과 갈등의 마음이 아니라 자비와 용서의 마음이라고 들었는데, 저 많은 연등 속에는 어떤 마음들이 들어있을까? 힘든 세상, 부처님의 자비 아래 땀 흘려 살아가는 소박한 중생들의 간절한 소망들이 담겨져 있겠지. 가난하지만 정성을 다해 부처님께 바친 등불 하나가 잘 사는 사람이 바친 등불보다도 공덕이 크다고 하지 않았던가.

빛바랜 단청 문을 열고 법당 안으로 들어서니 관세음보살을 정근正勤하는 염불 스님의 독경 소리가 청절淸絶하다. 부처님을 향해 두 손을 모으고 땀을 뻘뻘 흘리며 절을 하고 계시는 저 노老보살은 무슨 소원을 빌고 계실까? 누구나 가야 하는 마지막 길, 고통 없이 데려가 달라고 부처님께 빌고 계신 걸까. 취직 걱정 때문에 밤잠을 못 이루는 큰 손자를 위한 기도일까. 굽은 등에 가는 다리, 금방이라도 쓰러질 것 같은 몸을 하고서도 노보살의 기도는 끝날 줄을 몰랐다.

살아생전 할머니도 저런 삶을 사셨다. 흐르는 시간 속에 손과 발은 늙었어도 세월의 때가 묻어 번지르르 윤기가 흐르는 백팔염주를 손에 쥐고 자손들 잘되기를 부처님께 빌고 빌던 할머니의 옛 모습이 법당 안의 향불처럼 살아 오른다. 매일같이 새벽이면 이 절에 올라 청춘에 먼저 가신 지아비의 극락왕생도 빌었으리.

가만히 눈을 감고 염불 스님의 목탁 소리에 맞춰 관세음보살을 따라 부르니, 세속에 찌들었던 내 마음도, 번뇌도 눈 녹듯이 사라진다. 해탈한 부처님의 마음이 이러했을까. '과거에 얽매이지 말고 미래를 걱정하지 말라. 오늘에 충실하면 행복은 찾아오리니 마음을 비우면 행복은 커지리라' 어디선가 부처님의 음성이 들려오는 듯하다.

부처님이 모셔진 닫집 위에 동그랗게 그려진 그림 하나. 누가 그렸을까 공수래공수거空手來空手去. 사람은 누구나 빈손으로 왔다가 빈손으로 간다. 살아오면서 내가 그토록 원했던 것들은 무엇이었나. 돌이켜 보니 그것은 욕망과 집착이었고, 끝없이 솟아나는 나의 욕망은 마음의 괴로움만 더했을 뿐이었다. 저 공수래공수거의 의미를 나는 언제쯤 진실로 깨달을 수 있을까. 염불 스님의 구수한 독경 소리가 끝나갈 무렵, 부처님께 합장하고 법당 문을 나서는 노보살의 모습이 진흙 속에서 피어나는 연꽃을 닮았다.

모두가 떠나간 텅 빈 법당 안, 다시금 부처님을 올려다본다. 아직도 할머니의 온기가 남아서일까. 보일 듯 말 듯 미소 짓는 부처님의 저 모습 속에 지장보살 같았던 할머니의 잔잔한 미소가 허공을 맴돈다. 가슴에 두 손 모아 백팔 배를 올리고 법당 문을 나서니, 스님도 불자들도 인기척이 끊어진 절 마당에는 붉게 물든 석양이 연등 위에 살포시 내려앉는다. 돌아오는 부처님 오신 날에는, 아직도 가슴속에 그리움으로 남아있는 할머니를 위해 소박한 등불 하나 밝혀야겠다. 그날만이라도 스스로를 불태워 어둠을 밝히는 촛불처럼, 진흙 속에서도 아름다움을 잃지 않는 연꽃처럼 세속의 그늘에서 벗어나 그렇게 하루를 살아야겠다.

뉘엿뉘엿 넘어가는 석양을 바라보며 발걸음을 옮기니 골짜기를 타고 불어오는 솔바람에 천불전의 풍경 소리가 은은하게 들려온다.

* 가려佳麗하다 : 모양이나 경치가 매우 아름답다.

철없던 남편

이른 아침 딸 태연이가 화사한 봄옷을 사들고 왔다. 예쁘게 포장한 걸 보니 선물을 준비한 모양이다. 누구를 주려는 걸까? 기대와 호기심으로 딸을 바라보고 있었다. "엄마, 생일 축하드려요" 딸이 아내에게 선물을 건넨다. 아뿔싸! 오늘이 아내 생일이었구나. 아내의 생일을 까마득히 잊고 있었다. "태연아 고마워, 이 비싼 걸 왜 사왔어" 딸과 아내가 주고받는 대화를 듣고 있자니 쥐구멍에라도 들어가고 싶은 심정이었다. 아내가 이렇게 좋아하는 모습을 본 것도 오랜만의 일이다. 미안한 마음에 출근을 하니 일이 손에 잡히질 않는다. 창문 밖을 바라보니 무심했던 지난날들이 주마등처럼 스쳐지나간다.

우리가 결혼한 지도 삼십 년의 세월이 흘렀다. 부모님이 살고 계신 낡은 단층 슬래브 집 지붕 위에 조그마한 조립식 방을 드려 신혼살림을 했다. 한여름에는 내리쬐는 열기에 숨이 턱턱 막혔고, 겨울에는 문틈 사이로 스며드는 바람에 창문이 사시나무 떨 듯 밤새도록 떨었다. 늦은 밤, 비라도 내리는 날이면 양철 지붕 위로 떨어지는 빗방울 소리에 잠을 이룰 수가 없었다. 그 당시 우리 집은 사대四代가 살았다. 아들, 딸 키우면서 시할머니에 시부모, 시누이에 시동생까지 밀려드는 집안일을 온몸에 담아 일만했던 아내였다. 아침부터 저녁까지 밥상을 차리고 설거지 하는 것은 모두 아내의 몫이었다. 그래도 불평 한마디 없었다. 꿈이 있어 좋았고 사랑하는 사람이 곁에 있어서 좋았단다.

눈이 내리던 초겨울 저녁 어느 날, 아버지가 몸조차 가눌 수 없을 만큼 술에 취해 들어오셨다. "애비야. 오늘이 엄마 생일인데 기억해 주는 사람이 없구나!"라고 하시며 한숨을 쉬셨다. 가슴이 철렁 내려앉았다. 집안에 크고 작은 일들은 아내가 잊지 않고 챙겨왔는데 어찌 된 일인가? 아내가 원망스러웠다. 이층으로 올라가 아내를 다그쳤다. "잊을 게 따로 있지. 어떻게 어머니 생신을 잊어. 장모님 생신이면 잊었겠어?" 아내는 아무 말 없이 큰아들을 품에 앉고 단칸방 구석에 쪼그리고 앉아 눈물만 흘렸다. 며칠 후 알고 보니 아버지가 생일을 잘못 알고 계셔서 생긴 일이었다. 얼굴이 화끈거려 아내를 바라볼 수가 없었다. 조용히 밖으로 나가 하늘을 보니 슬픈 초승달 아래 별 하나가 반짝반짝 빛나고 있었다.

결혼해서 우리는 삼남매를 두었다. 몸이 약했던 아내는 수술을 하여 세 아이를 낳았다. 첫째와 둘째를 낳았을 때도 나는 바쁘다는 핑계로 병원에 가지 않았다. 셋째 산달이 다가오자 아내는 약속을 하자며 새끼손가락을 내밀었다. "셋째 낳을 때에는 당신이 꼭 내 옆에 있어줘요" 나는 퉁명스럽게 대답했다. "시간되면 갈게" 셋째를 낳으러 병원에 가던 날, 아내는 아무런 말없이 한참 동안 내 얼굴을 바라보았다. 수술이 끝나고 눈을 뜬 아내는 옆에 서 있는 나를 보더니 눈물을 글썽거렸다. 얼마나 두려웠으면 그런 약속을 하자고 했을까. 그때는 아내의 소중함을 모르고 살았다. 친구가 좋았고 노는 게 좋았다. "애미한테 잘해라. 엄마한테 못한 게 아직도 후회가 된다"던 아버지의 그 말씀이 지천명이 넘어선 지금에서야 가슴에 젖는다.

나뭇잎 물들던 어느 가을날 "이렇게 많은 가족들이 살고 있는데 내 편은 어디에도 없는 것 같아요"라고 아내가 말했다. 그때는 그 말이 대수롭지 않았다. 빨래하고 청소하면서 사는 게 여자의 삶이라고 생각했었다. 대가족 장남에게 시집와 층층시하 어른들 밑에서 말 한마디 못하고 살았을 아내는 얼마나 외로웠을까. 나 하나 믿고 살아온 아내 아니던가. 그러고 보니 나는 할머니의 손자로, 어머니와 아버지의 아들로만 살았지 아내의 남편으로는 살아본 기억은 없는 것 같다. 아내가 무엇을 원하지, 화장품은 무엇을 쓰는 지 관심조차 없었다. 함께 영화를 보고 맛있는 음식을 먹어본 적이 언제였는지 아득하기만 하다. 삼십년 전 외로움을 감싸줄 수 있어야 진정한 부부가 되는 거라던 주례선생님의 말씀처럼 이제는 아내가 외롭지 않게 작은 행복을 꿈꾸며 살아가야겠다.

사람들은 말한다. 부부는 사랑으로 만나서 정으로 살아가는 거라고. 때로는 후회하고 절망하면서도 쏟아지는 빗속을 함께 걸어가는 거라고. 돌아보니 아내는 대가족의 텃밭을 지키기 위해 추운 겨울 눈보라를 이겨내며 살아왔는데 나는 어떻게 살았는가? 아내는 집안일 온몸에 담아 살아 왔는데 나는 일이 우선이라며 아내의 헛헛한 마음을 외면하고 살았다. 철없던 남편의 지난날들이 흩어지는 파도의 물거품처럼 내 가슴에 밀려온다.

며칠 전부터 아내가 눈이 아프다며 투정을 부린다. 안과를 가보라고 해도 말을 듣지 않는다. 가만히 들여다보니 처진 눈꺼풀이 문제였다. 눈물샘에서 흘러나온 눈물을 처진 눈꺼풀이

덮고 있어 눈꼬리에 염증이 생겼단다. 곱던 아내의 얼굴에도 이제는 삶의 고단한 흔적들이 고스란히 담겨져 있었다.

오늘 저녁에는 아내가 좋아하는 국화꽃 한 다발 사들고 집으로 향해야겠다. 그리고 고백해야겠다. 지금 내가 행복한 건 우리 집 아궁이에 이맛돌처럼 살아온 당신이 있기 때문이라고. 쉽지 않은 인생길 함께 걸어갈 당신이 있어서 정말 좋다고. 이제는 내가 아내를 위해 울고 웃으며 아내를 위한 노래를 불러야겠다. 그리고 아내가 만들어 놓은 가족의 텃밭을 정성껏 가꿔야겠다. 오랜 세월 아내가 그렇게 살아왔던 것처럼….

* 이맛돌 : 아궁이 위의 앞부분에 가로로 길게 걸쳐놓은 돌.

최명길의 리더십

북이면 대율리, 전주 최씨 집성촌이 있고 최명길의 종택이 있다. 종택과 가까운 곳에 그의 묘소가 있다. 제절에 오르니 불어오는 바람이 스산하다. 최명길! 그 시대의 지식인들과는 신념이 달랐던 사람. 가슴으로 백성을 사랑했던 사람. 묘지석을 바라보니 얼마 전 보았던 영화 '남한산성'의 장면들이 영상처럼 떠오른다.

1636년 음력 12월 9일, 얼어붙은 압록강을 건너 청淸의 기마병이 질풍같이 남하한다. 병자호란丙子胡亂의 시작이었다. 강화도 피난길이 막히자 인조와 신하들은 남한산성으로 몸을 피한다. 대책 없이 맞이한 병자호란, 남한산성은 몹시도 춥고 배고픈 곳이었다. 병력은 일만여 명에 불과했고, 비축된 군량으로는 한 달 반 정도 버틸 수 있었다. 산성의 병사들은 빈 쌀가마

니를 걸치고 혹독한 추위와 사투를 벌여야 했고, 청나라 군대는 산성의 안팎을 겹겹이 둘러싸고 외부의 근왕병들이 접근할 수 없도록 삼엄하게 경계했다. 나아갈 곳도 물러설 곳도 없는 고립무원의 남한산성 안에서는 하루하루 절망감이 깊어만 갔다.

그 속에서도 신하들의 논쟁은 격렬했다. 순간의 치욕을 견디고 청과의 화친을 통해 후일을 도모하자는 이조판서 최명길崔鳴吉과 청에 끝까지 맞서 싸워 대의를 지키자는 예조판서 김상헌金尙憲의 논쟁은 끝날 줄을 몰랐고 인조는 크게 한숨을 쉬며 고개를 숙인다.

병자호란이 시작된 지 47일 되던 날, 인조는 삼전도(잠실 석촌호수 부근)에서 청나라 태종에게 무릎을 꿇었다. 세 번 큰절을 하고 아홉 번 머리를 조아리는 치욕적인 항복이었다. 최명길의 눈에서는 하염없이 눈물이 흘렀다. 항복을 한 인조는 신하들과 함께 궁궐로 돌아온다. 폐허가 된 궁궐은 어지러웠다. 인조와 신하들의 행렬이 창덕궁으로 들어가는 중 최명길이 뒤를 돌아 관객들을 응시하며 궁궐문이 닫힌다. 그리고 영화는 막을 내린다.

병자호란은 17세기 초 패권국이었던 명과 신흥 강대국 청의 대결, 이른바 명청 교체의 불똥이 한반도로 튀면서 일어난 전쟁이다. 당시 조선이 처해있던 상황은 엄혹嚴酷했다. 칠 년 동안 한반도를 휩쓸고 간 임진왜란의 후유증을 극복하기도 전에 명과 청의 패권 다툼 속으로 또다시 휘말려 들었다. 청의 도전에 밀리던 명은 임진왜란 때 도와준 것을 빌미 삼아 조선도 나서서 청에 맞서라고 압박했고, 청은 조선의 중립을 요구했다. 그야말로 조선은 이러지도 저러지도 못하는 처지에 놓여있었다.

어떻게 대처해야 했을까? 목숨을 걸고 항전하여 오랑캐에 치욕을 겪지 말자고 주장했던 김상헌이 옳았을까, 아니면 역량이 부족한 냉엄한 현실을 바로 보자고 주장했던 최명길이 옳았을까. 그런데 그 당시 분명한 사실은 조선은 명과 청을 움직일 수 있는 지략이 없었고, 청의 침략을 감당할 힘도 없었다. 강대국 사이에 끼여 스스로 결정할 능력이 없었던 조선은 외교와 내정에서 전략적으로 사고하고 유연하게 행동했어야 하지 않았을까? 조선은 그렇지를 못했다. 그들에게는 정묘호란 때처럼 유사시 강화도로 숨어들어 항전하겠다는 계획이 전부였는지도 모른다.

최명길은 대의를 위해서는 나라가 망하더라도 오랑캐와 타협할 수 없다는 명분론이 지배적이었던 당시의 사회적 현실을 거스르며 조선의 생존과 백성의 보전을 먼저 생각해야 한다고 주장했다. 청과의 전쟁을 피할 수 없다면 국경에서 싸워 백성의 피해를 최소화하자고 했고, 전쟁이 발발하자 목숨 걸고 적진으로 뛰어들어 인조와 조정이 남한산성으로 피할 수 있도록 시간을 벌어주었다. 항복을 한 후에는 나라와 백성의 아픔을 다독이기 위해 노심초사했다. 그는 현실론을 바탕으로 책임감과 희생정신, 그리고 대안까지도 제시할 줄 알았던 조선의 뛰어난 전략가였다.

기존의 패권국이 쇠퇴하고 새로운 강대국이 떠오를 때 한반도는 어김없이 위기를 맞았다. 임진왜란과 병자호란, 청일전쟁이 그랬다. 역사를 돌아볼 때 우리는 강대국들의 일방적인 힘의 논리에 흔들리지 않을 정도의 자강自强 능력이 있어야 한다. 그러기 위해서는 냉철한 현실 인식과 민완한 외교능력, 그리고 사회를 통합할 수 있는 유연한 리더십이 필요하다. 밖에서는 신흥 강대국 중국이 떠올라 패권국 미국에 도전하고 있고 안에서는 갈등과 분열이 심화되고 있는 오늘, 최명길과 같은 리더가 새삼 그립다.

| 4장 |

안심사 가는 길

무명의 서예가도 대웅전 현판에 명문을 남기러 이 길을 걸었고,
화승畵僧 신겸信謙도 괘불 영산회상도靈山會上圖를 그리러 이 길을 걸었다.
지금 나는 이 길을 밟으며 또 다른 내 길을 걸어가고 있다.

상념想念

안심사 가는 길

배롱나무

이름 짓기

뚝배기 사랑

장터 사람들

단재 신채호

서점의 변신

장모님 연가

상념想念

어젯밤 꿈에 할머니 품속에서 한참을 울다가 깼다. 무슨 꿈일까? 주섬주섬 옷을 입고 집을 나섰다. 할머니 산소에 가보고 싶었다. 초록빛 색깔을 쏘아 올리던 은행잎들이 오늘은 노랗게 물든 채 땅에 떨어져 여기저기 뒹굴고 있다. 누가 가을을 사색의 계절이라고 했을까. 지금 나에게 가을은 쓸쓸함인 것을….

제절 위로 불어오는 바람이 포근하다. 지난번 들렀을 때는 밭골 너머 저 언덕에서 최씨 어른이 예초기를 돌려가며 벌초를 하고 있었고, 산소 아래 과수원에서는 사과가 빨갛게 익어가고 있었다. 앙상한 가지에 덩그러니 매달려 있는 사과 하나가 오늘따라 황량해 보인다. 이슬에 촉촉이 젖어있는 산소를 바라보니 밤하늘의 별빛 달빛을 온몸으로 받아내며 앞마당의 바지랑대처럼 살다 가신 할머니의 모습이 아득하다.

기억 속에 그날도 눈이 내렸다. 아버지가 산소에 가자고 하셨다. 눈 내림 속에서도 제절 위로 불어오는 바람은 포근했었다. 아버지는 할머니가 누워 계신 바로 밑, 눈이 소복이 쌓인 그 자리에 한참 동안 서 계셨다. 그리고 시간이 꽤 흐른 후 말문을 여셨다. "애비야, 내가 죽거든 이 자리에 묻어다오" 나중에 어머니가 돌아가시면 그 옆에 함께 묻어달라고 하셨다. 자손들이 편안하고 번창할 자리라고 동네 지관地官 어른께서 일러주셨단다. 언제부터 아버지는 당신이 누울 자리를 준비하고 계셨을까. 포근한 바람에도 서러움이 밀려왔다.

작년 이맘때였다. 산소에 가보니 봉분 말미에 빨간 말뚝 하나가 박혀 있었다. 주변을 둘러보니 윗밭 주인이 측량을 한 모양이다. 경계가 불분명했던 시절, 밭을 구분하는 방법이 토지주 간에 암묵적으로 합의한 밭과 밭 사이의 뚝이었는데 아마도 그때 설정된 뚝의 경계에 착오가 있었던 모양이다.

며칠 후 낯선 전화 한 통이 걸려왔다. 전화기를 타고 들려오는 목소리가 정중하다. 윗 밭 주인이었다. 공장을 지려고 하니 산소를 옮겨달라는 요청이었다. 그리고 후하게 줄 테니 밭을 팔 생각이 없느냐고 물었다. 난감했다. 지금은 교통이 좋아졌지만 옛날에 이 밭은 산을 넘고 넘어야 올 수 있었다. 재산

적 가치는 생각해 본 적이 없었다. 오래전부터 대물림 받아 내려왔고 할머니 산소가 있으니 당연히 지켜야만 되는 줄 알고 살았다. 자초지종을 아버지께 말씀드리니 길게 한숨만 쉬셨다. 실망하는 눈치가 역력했다.

요즘 들어 아버지가 산소를 옮기자고 하신다. 윤달이 든 날을 택해 조용히 화장해서 납골당으로 모시잔다. 한동안 새까맣게 가슴을 태우셨던 모양이다. 몇 해 전까지만 해도 아버지는 이곳에서 농사를 지으며 정성으로 산소를 살피셨다. 한여름 뙤약볕 아래에서도 흐르는 땀 훔쳐 가며 밭골을 매셨다. 해가 뉘엿뉘엿 넘어갈 때면 붉게 물든 노을 아래 쪼그리고 앉아서 산소의 잡초를 한 줌 한 줌 뽑으셨다. 그것이 아버지에게는 할머니와 함께했던 젊은 시절 추억 달래기였다.

들풀 사이 함초롬히 피어 있는 망초 꽃에 얼굴을 묻으니 할머니의 추억들이 고구마 넝쿨처럼 줄래줄래 떠오른다. 할머니는 자연을 닮았었다. 때가 되면 새순을 돋우고, 때가되면 낙엽을 떨구는 나무를 닮았었다. 뭐든지 품을 수 있는 넉넉한 산처럼 그렇게 일생을 살다가 가셨다.

어떡해야 하나. 지금은 풍경 속에 병풍처럼 둘러싸인 이 산소가 적막한 공장 아래 덩그러니 남아 있을 것을 생각하니 걱정이다. 그리고 산소를 옮기자니 추억이 그립다. 이곳에 뼈를 묻겠다던 아버지의 상실감은 또 어쩌란 말인가. 깊어가는 가을, 인적 없는 산길을 홀로 걷는 발걸음이 무겁다. 내가 산소를 찾는 이유는 먼저 가신 조상들을 기억하고 나의 근본을 되새기기 위해서가 아니던가. 산소가 멀리 있는 것도 아닌데 얼마나 더 찾아올 수 있을지 기약이 없다. 뿌우욱~ 뿌우우욱~ 주머니 속 핸드폰에 다시 또 벨이 울리고 있다.

* 지관地官 : 풍수설에 따라 땅의 길흉을 판별하는 사람

안심사 가는 길

겨울비가 내린다. 비를 맞으며 산길을 걷는 것은 처량한 일인지도 모른다. 그 산길이 절을 찾아가는 길이라면 더욱 그렇다. 그러나 나목들 사이의 텅 빈 공간을 뚫고 사선을 그으며 내리는 빗속을 걷다 보면 마음이 차분해진다. 구름은 바람의 얼굴이 되고 앞산은 뒷산의 배경이 된다. 나목이 늘어선 숲에는 왠지 모를 고독이 있고 곡선의 길 위에는 꾸미지 않은 자연스러움이 있다.

남이면 사동리, 구룡산 자락에 천년 고찰 안심사를 찾아가는 길이지만 거칠지 않아서 좋다. 이 길 위에는 상처 난 마음을 보듬어 주는 자연의 손길이 있고, 깊고 그윽한 대지의 얼굴이 있다. 골짜기마다 마을이 품고 있는 풍경들이 한없이 너그럽다. 축축한 마음 한 자락 널어 말리기에는 이보다 좋은 길도 없을

듯하다.

산길을 걸을 때에는 삼보 일배의 마음으로 걸어야 한다. 그래야 사색의 안목과 생각의 깊이를 느낄 수 있다. 떨어지는 빗소리에 귀 기울이고 불어오는 바람과 대화도 하면서 나는 이 길을 천천히 걷는다. '서두르지 마라, 한번 가는 인생길인데….' 지나가는 바람이 속삭여 준다.

산길을 걸으며 나에게 묻는다. "한번 가는 인생길, 어떻게 살아야 할까?" 중국의 작가 위화Yu Hwa는 말하기를 인생은 무거운 등짐을 지고 머나먼 길을 걸어가는 것이라고 했다. 삶은 퍼내도 마르지 않는 샘물처럼 이토록 고달픈 건가. 빨리 가야하고, 많이 알아야 하고, 높이 올라야 하고, 모두 가져야 하는 세상. 행복이든 불행이든 삶은 고민의 강이요 번뇌의 산이다. 조금은 부족해도 만족할 줄 아는 삶이 행복한 삶 아닐까. 목표보다는 과정에 충실한 삶을 살고 싶다. 물이 흐르듯 순리를 따라서 살고 싶다.

770년 왕의 행차, 삼국통일의 힘찬 기운이 사라지고 왕권을 차지하기 위한 귀족들의 암투가 치열하던 시절. 신라 혜공왕은 왕궁(지금의 경주)을 비우고 오랜 기간 청주에 머물렀다. 그리고

775년(혜공왕11년) 이곳에 안심사를 지었다. 그분도 이 길을 걸었을까? 무슨 생각을 하셨을까. 부처님의 공덕으로 새로운 세상을 꿈꾸지는 않았을까. 왕권을 회복하고 옛 영화를 되찾는 그런 세상…. 안팎으로 위기를 맞은 왕에게 부처님은 구원의 손길이자 닮고 싶은 존재였을지도 모른다.

무명의 서예가도 대웅전 현판에 명문을 남기러 이 길을 걸었고, 화승畵僧 신겸信謙도 괘불 영산회상도靈山會上圖를 그리러 이 길을 걸었다. 수많은 사람들의 생각과 예술혼이 머물던 길 위에는 아무런 흔적도 남아있지 않다. 지금 나는 이 길을 밟으며 또 다른 내 길을 걸어가고 있다. 길 위에 떨어지는 빗소리가 해탈한 스님의 염불 소리로도 들리고 청정한 자연의 독경 소리로도 들린다. 움푹 파인 웅덩이에 떨어지는 빗물 소리는 아픈 마음을 파고드는 낙숫물 소리로도 들린다.

간절한 마음으로 이 길을 걸었을 선인들을 생각하며 발걸음을 옮기니 어느새 절 입구다. 보통 절을 들어서려면 일주문을 지나야 하는데 이곳에는 둘러친 담장도 절의 안과 밖을 구분하는 경계도 없다. "참 좋은 인연입니다"라고 쓰여 있는 표지판 하나와 높다랗게 자리 잡고 서있는 두 그루의 노송이 오고 가는 길손을 맞이할 뿐이다. 솔솔 불어오는 산바람을 따라 빗길을 걸으니 나지막이 들려오는 풍경소리가 귓가에 머문다.

저 멀리 천년 묵은 소나무처럼 머리를 하얗게 깎은 비구니 스님, 그 뒤로 마음이 편안한 절, 안심사가 보인다. 구룡산 능선 위로 흰 구름 둥실 흘러가고 있는데 지금 나는 어디에 서 있는가. 불심에 기대어 마음을 털고 스님이 베푸는 차향茶香 속에서 오늘 하루만이라도 소박한 행복을 누리고 싶다.

* 영산회상도靈山會上圖 : 부처님이 영취산에서 설법하는 그림

배롱나무

시청 앞 마당에 배롱나무 꽃이 하늘빛과 어우러져 눈부시게 황홀하다. 찌는 듯한 더위에 맞서 오롯이 태양을 바라보며 분홍빛 꽃을 피워낸 저 나무가 참으로 대견스럽다. 한여름 뙤약볕 아래 활짝 피어있는 꽃은 화려하지만 꾸밈이 없다. 우아하면서도 탐스럽다. 어쩌면 저렇게 예쁜 꽃을 피웠을까?

한참을 바라보니 오래전 떠나간 친구가 생각난다. 말을 하지 않아도 서로의 마음을 아는 도반道伴 같은 친구였다. 그는 나만의 친구가 아니었다. 다른 친구들이 어려움을 당하면 소리 없이 찾아가 궂은일을 도맡아 했다. 그런 그의 품성 때문인지 주변에는 그를 따르고 좋아하는 사람들이 많이 있었다. 하루는 친구 어머니에게서 전화가 왔다. 떨리는 목소리가 예사롭지 않았다. 어린아이를 구하려고 물에 뛰어들었다가 나오지 못했다는 전화였다. 어린아이는 무사하다고 했다. 한걸음에 달려가 보니 친구는 싸늘한 시신이 되어 있었다. 친구를 가슴에 묻고 돌아오는 길, 그날도 오늘처럼 진분홍 배롱나무 꽃이 화사하게 피어있었다. 이십여 년의 세월이 흘렀어도 아직도 그 친구는 내 가슴에 남아있다. 배롱나무의 꽃말이 '떠나간 친구를 그리워함'이라고 했던가. 저 나무도 나처럼 가슴에 묻은 친구가 있었나보다. 친구를 향한 그리움이 얼마나 컸으면 저토록 붉은 꽃을 피웠을까.

굵은 줄기에 마른버짐처럼 번져나간 갈색 반점들이 그동안 살아온 나무의 세월을 말해주고 있는 듯하다. 숱한 세월을 견디며 싹을 틔우고 꽃을 피우려 애쓴 흔적들이 나뭇가지 곳곳에 널려있다. 솟아오른 가지는 용이 똬리를 틀고 하늘로 날아오르는 모습 같기도 하고 허공에 손을 벌려 덩실덩실 춤을 추고 있는 가냘픈 여인의 몸짓 같기도 하다. 마디마디의 굴곡은 보릿고개를 넘다가 지쳐 쓰러진 어느 노인의 등마루를 보는 듯하고 매끄럽고 윤기가 흐르는 튼실한 줄기는 고귀한 멋이 있어 보면 볼수록 기품이 느껴진다. 세월이 품어내고 있는 고목의 고풍스러움을 무심히 바라보니 살아있는 생명의 아름다움을 새삼 느낀다.

봄이 되면 산천의 초목들이 새순을 내밀며 앞 다투어 꽃을 피우지만 배롱나무는 서두르는 법이 없다. 몸속의 세포들을 조용히 다독이며 때를 기다린다. 화려한 봄꽃들이 모두 질 무렵, 비로소 잎을 내밀고 뜨거운 태양 아래 백일 동안 피고지기를 반복하며 꽃을 피운다. 초록만이 무성한 이 계절에 선명한 분홍빛으로 다가와 우리에게 생기를 준다. 얼마나 큰 위안인가. 세상일은 서둘러서 되는 게 아니다. 급하고 빠르게만 살려고 하는 현대 사람들에게 느림의 미학을 온몸으로 실천하는 나무, 배롱나무가 우리에게 던져주는 화두는 단순하면서도 깊이가 있다.

예로부터 배롱나무는 선비들의 사랑을 듬뿍 받아온 나무다. 옛날 선비들은 일 년에 한 번씩 껍질을 벗는 나무의 줄기에서 청렴과 무욕을 배웠다고 한다. 언제부턴가 이 나무는 일편단심의 상징이 되었다. 껍질이 없어도 대나무처럼 속이 비어 있지 않아 겉과 속이 같은 나무로 여겨져 왔기 때문이다. 사육신 성삼문成三問에게 배롱나무의 붉은 꽃은 임을 향한 변치 않는 마음이었을까? 모진 고난 속에서도 어린 단종을 지키기 위해 목숨을 바쳤던 그의 무덤에는 해마다 이맘때면 배롱나무 꽃이 붉게 피어 아직도 임을 향한 절개와 지조를 지키며 서 있다고 한다.

시청 앞 마당에 배롱나무를 심은 뜻은 무엇일까? 대기만성의 지혜로 매일매일 새로워지는 법을 배우라고 심은 것은 아닐까. 꾸미고 채우는 일보다는 비우고 나누는 일에 힘을 쓰라는 선배 공무원들의 깊은 뜻이 담겨져 있을지도 모른다. 퇴근길에 올려다 본 배롱나무 분홍빛이 넘어가는 석양과 어우러져 더욱 화사하다. 여름의 마지막 불꽃을 태우려는 듯 불어오는 바람에 한 잎 두 잎 떨어져 내리는 꽃잎들이 시청 앞 마당을 붉게 물들이고 있다. 나도 저렇게 물들고 싶다.

이름 짓기

첫째 아이를 가졌을 때의 일이다. 손자를 본다는 기쁨 때문이었을까? 아버지께서는 아이도 낳기 전에 이름을 지어 오셨다. 이른바 태명이었다. 그날 저녁 아버지는 가족들을 모아놓고 품속 깊은 곳에서 지어오신 이름을 꺼내셨다. 그리고 엄숙하게 말씀 하셨다. "이제부터 저 아이 이름은 항우여. 김항우" 항우? 어디서 많이 들어본 이름 아닌가. 초한지에 나오는 그 항우. 한나라 유방에게 패하고 스스로 목숨을 끊었던 사람. 마음이 내키지는 않았지만 항우장사처럼 호기 있게 자라라고 수양어머니께서 지어주신 이름이라니 더 이상 할 말이 없었다. 그날 이후 우리 가족은 뱃속의 아이를 항우라고 불렀다.

아이가 태어났다. 아버지께서는 항우라는 이름이 좋다며 호적에 올리자고 하셨다. 항우! 역사 속에서는 호걸이었지만 중국 사람의 이름을 따서 아이의 이름을 짓는다는 게 왠지 내키지 않았다. 하루는 아버지께 "이름은 한번 지으면 오래도록 불러야 하니 본관의 항렬을 따라서 지으면 어떻겠냐."고 조심스럽게 말씀을 드렸다. 아버지께서는 별다른 말씀이 없으셨다. 그리고 며칠 후 이름 하나를 받아오셨다. 둥글원圓자에 돌림자 녹일용鎔, 큰 아이의 이름은 김원용이 되었다. 평소 다니던 절의 스님께서 지어주셨단다. 보름달처럼 둥글게 살라는 뜻이 담겨져 있다고 했다.

이듬해 둘째가 태어났다. 딸이었다. 이번에도 아버지께서 이름을 지어오셨다. 은례恩禮였다. 발음도 어렵지만 왠지 세련된 느낌이 들지 않았다. 내가 이름을 지어주기로 마음먹었다. 출생신고를 하는 날, 아침 일찍 옥편을 들고 집을 나섰다. 딸의 이름만큼은 예쁘고 부르기 쉽게 지어주고 싶었다. 돌림자는 쓰지 않기로 했다. 고향 면사무소 느티나무 그늘에 앉아 옥편을 넘기며 차례로 한자漢字를 써내려갔다.

한참을 써 내려가다 보니 편안할 태泰가 눈에 들어왔다. 나라가 태평하고 백성이 편안하다는 뜻을 가진 사자성어 국태민안國泰民安의 두 번째 글자가 편안할 태 아니던가. 이 글자를 보는 순간 가슴이 콩닥거렸다. 그리고 한참의 시간이 흘렀다. 그

다음 찾은 글자는 이을 연連이었다. 끊이지 않고 계속해서 이어 간다는 뜻을 품고 있었다. 사람과 사람을 이어주는 세상, 마음과 마음을 열어주는 세상, 얼마나 멋진 세상인가. 그런 세상을 우리는 얼마나 갈망했던가. 한자를 조합해 보니 김태연이었다. 사람들 속에서 무해무득하게 살아가기를 바라는 마음을 담았다. 무엇보다 읽기가 쉽고 자연스러운 것 같아서 좋았다.

출생신고를 마치고 집으로 돌아오는 길, 조용히 눈을 감고 이렇게 빌었다. "사랑하는 내 딸아! 너의 이름은 김태연이란다. 이름을 짓다보니 수많은 부모들이 소망을 담아서 자식의 이름을 짓는다는 걸 알았다. 너의 이름 속에는 아빠의 꿈이 담겨져 있단다. 이름에 긍지를 가졌으면 좋겠다." 차창 밖에는 설핏 노을이 물들고 있었다.

막내아들의 이름은 김태용이다. 딸의 이름 태泰와 돌림자 용鎔을 조합하여 만든 이름이다. 이름에 담긴 소망처럼 세 아이 모두 우리 부부의 바람대로 잘 커주고 있다. 세상을 바라보는 선한 눈을 가졌다. 남과 더불어 살줄 알고, 욕심내서 이익을 취하려 하지도 않는다. 큰아이의 이름을 지어주신 스님께 항상 고마움을 느끼며 산다.

2005년도였던가? 개인의 이름을 바꾸는 것도 행복추구권에 속한다는 대법원의 판결에 따라 개명 절차가 쉬워지고 간소화 되면서 한때 이름 바꾸기 열풍이 분 적이 있었다. 최근 보도에 따르면 지난 십여 년간 개명을 한 사람이 백오십만 명을 넘어섰다고 하니 우리나라 인구의 삼십 명당 한 명 꼴로 이름을 바꾼 셈이다. 직장 동료 중에도 이름을 바꾼 사람이 많다. 어느 날 문득 조직도를 찾아보면 얼굴은 같은데 이름은 예전에 그 이름이 아니다. 촌스러워 이름을 바꿨다는 사람도 있고, 사는 게 힘들어서 바꿨다는 사람도 있었다. 어떤 이는 한때 사회를 떠들썩하게 했던 범죄자와 이름이 비슷해서 바꿨고, 또 다른 이는 아이들 커 가는데 자신의 이름이 걸림돌이 된다고 해서 바꿨단다.

들어보면 이름을 바꾼 사연들은 모두가 그럴 듯하다. 김춘수金春洙는 '내가 그의 이름을 불러 주었을 때 그는 나에게로 와서 꽃이 되었다'고 했다. 세상의 모든 부모는 자식의 이름이 많은 사람들에게 사랑받고 존경받기를 원한다. 이름을 짓는 것은 부모지만 그 이름을 지키고 보듬어 가는 것은 자식들의 몫이 아닐까? 가만히 눈을 감고 세 아이의 이름을 불러본다.

김원용! 김태연! 김태용!

뚝배기 사랑

요즈음은 드라마 속 부부의 사랑 이야기에도 눈물이 난다. 나이가 들수록 사랑이 그리워지나 보다. 며칠 전 아내와 함께 덕수궁 국립현대미술관을 갔었다. 이중섭 탄생 백 주년을 기념하는 '백년의 신화'전이 열리고 있었다. 내가 미술관을 가게된 것은 얼마 전 모 일간지에 실린 글 때문이었다. 이 글은 첫 만남에서 헤어지는 순간까지 중섭仲燮과 아내 야마모토 마사코의 사랑 이야기를 다루고 있었는데 중섭이 작고한지 육십여 년의 세월이 흘렀어도 두 사람의 사랑은 애잔하기만 하다.

야마모토 마사코의 한국 이름은 남덕南德, 남쪽에서 온 덕 있는 여인이라 하여 중섭이 붙여준 이름이다. 이들이 만나 부부로 산 건 비록 칠 년 동안의 짧은 세월이었지만 남덕은 아직도 중섭과의 사랑을 그리워하며 동경 세티가야世田谷에 홀로 살고 있다.

"하루에도 몇 번이나 마음속에서 열광적으로 소중하고 멋진 그대의 모든 것을 끌어안고 또 끌어안고 끝도 없이 그대만을 하루 종일 생각하며 가슴 벅차한다오. 빨리 만나고 싶어 죽겠소, 이 세상에 나만큼 아내를 사랑하고 미친 듯이 보고 싶어 하는 사람이 또 있을까요. 보고 싶고 보고 싶어 또 보고 싶어 머리가 멍해지고 말아요. 끝도 없이 상냥한 나의 아름다운 천사여"(편지 내용 중)

전시된 편지화를 보면서 현해탄을 사이에 두고 남덕을 그리워하는 중섭의 애련哀憐한 마음이 가슴을 울린다. 한국전쟁으로 가족과 헤어진 중섭은 친구 구상具常 시인의 집에 머물면서 그림 한 장을 그렸다. 세발자전거를 탄 아들을 다소곳이 안아주는 구상과 그 뒤에서 행복하게 웃음 짓는 아내, 그리고 초라한 모습으로 구상의 아들에게 손을 내미는 자신의 모습을 화폭에 담았다. 단란한 구상의 가족을 보면서 조만간 자신도 그런 가정을 꾸릴 수 있을 거란 기대를 갖지는 않았을까.

"당신과 아이들이 정말 보고 싶소. 당신과 아이들과 멀리 떨어져 있으면서 보고 싶다 보고 싶다를 반복하기만 할 뿐

속절없이 소중한 세월만 보내고 있구려. 왜 우리는 이토록 무능한 걸까요."(편지 내용 중)

남덕에게 보낸 이 짧은 글 속에 아내를 사랑하는 중섭의 절규와 능력 없는 가장이 겪어야 했던 고통이 얼마나 컸는지를 짐작으로 나마 알 수 있었다. 전시실 모퉁이에는 몹시 마르고 지친 모습으로 쓸쓸히 걸어가는 황소 그림이 눈에 띄었다. 축 늘어뜨린 얼굴, 상처 난 이마에서 흘러내리는 선연한 붉은 피, 이 그림 앞에서 나는 한참 동안 움직일 수가 없었다. 그토록 그리던 아내와 가족을 잃고 방황하는 중섭의 자화상을 보는 것 같았다. 가족과의 재회를 꿈꾸며 실낱같은 희망을 놓지 않았던 중섭은 마흔 살의 젊은 나이로 쓸쓸히 생을 마감했다.

중섭은 황소와 천진난만한 아이의 그림을 자주 그렸다. 젊고 강인한 황소의 모습은 가족과 이별은 했지만 곧 만날 수 있을 거란 희망을 품고 그린 그의 자화상이었다. 그리고 천진난만한 아이의 모습은 두 아들을 그리워하는 중섭의 절절한 마음이었다. 건강을 잃고 목숨마저 서서히 꺼져갈 무렵 중섭은 한 여인을 절필작絶筆作 '돌아오지 않는 강'에 그려 넣었다. 죽음을 앞둔 화가가 희미한 기억 속에서 마지막으로 그린 그림 속의 여인은 누구였을까? 가족을 남겨두고 먼저 떠나가는 중섭이 미안함과 그리움을 담아 그린 여인, 남덕 아니었을까? 비록 생은 짧았지만 중섭에게 남덕은 삶의 전부였고 살아생전 그가 그린 그림의 전부였다. 남덕은 말한다. 중섭과의 짧았던 칠 년의 사랑이 버팀목 되어 육십 년을 수절守節할 수 있었다고. 중섭과의 사랑을 한 번도 후회한 적 없었다고.

중섭과 남덕의 사랑은 어떤 사랑이었을까? 운명처럼 가슴에 새겨둔 사랑, 변함없이 서로를 지켜주는 사랑, 세월이 흘러도 그 빛을 잃지 않는 뚝배기 같은 사랑이었다. 어쩌면 우리는 잡힐 듯 잡히지 않는 신기루 같은 사랑을 쫓으며 살고 있는지도 모른다. 네 잎 클로버를 찾기 위해 세 잎 클로버를 밟아야 하는 그런 사랑을….

담쟁이 기어오르는 덕수궁 돌담길을 걸으며 아내에게 넌지시 물었다. "당신 나 만난 거 후회 안 해요? 다음 세상에 태어나면 또다시 나를 만날 건가요?" 아내는 말없이 웃기만 했다. 알 듯 모를 듯 웃고 있는 저 미소가 무엇을 말하는지 도대체 알 수가 없었다.

* 절필작絶筆作 : 그 사람의 생애에서 마지막으로 그린 작품

장터 사람들

언제부턴가 시골 장터가 좋아졌다. 그곳에는 도시에서 볼 수 없는 느긋한 여유와 한가로움이 있고, 사람들의 정이 있다. 농사일 잠시 잊은 채 손주들 입힐 옷을 흥정하는 아낙네의 모습에서, 막걸리 한 사발에 세상 시름 던져버리고 풍년가 한 소절을 멋들어지게 뽑아대는 구릿빛 농사꾼의 얼굴에서 삶의 넉넉함을 느낀다.

오늘도 고향을 찾아 그 옛날 추억이 남아있는 시골 장터를 기웃거렸다. 내리쬐는 뙤약볕 아래 아주머니들이 나물바구니를 펼쳐놓고 앉아있다. 손님을 기다리며 이야기를 주고받는 모습들이 오밀조밀 모아놓은 나물단처럼 정답다. 등이 굽어 유모차를 밀며 지나가는 동네 어르신에게도 객지 나간 자식들의 안부를 물으며 인사를 건넨다. 시골이라 그런지 주고받는 대화에도 순박함이 묻어난다.

노점 끝자락에 어렴풋이 낯익은 얼굴이 보인다. 고향집 윗동네 살던 동순이 엄마였다. 반가운 마음에 다가가보니 텃밭에서 직접 가꾼 시들어진 호박잎과 열무 몇 단 앞에 놓고 졸고 계신다. 장터 사람들과 반주 삼아 해장술 한 잔을 하셨단다. 부스스한 머리와 주름진 손 등을 들여다보니 살아온 세월의 흔적들이 고스란히 남아있다. 삶은 얼마나 무거운 것이기에 하루를 짊어지기에도 저토록 힘들어 보이는 걸까. "아직도 장사를 하세요?" 라고 물으니 사람이 그리워서 나왔단다. "오늘따라 개미 새끼 한 마리 구경할 수 없다"며 투덜대는 모습이 영락없는 어렸을 적 동순이를 닮았다. "그래도 경력이 몇 년인데요. 아줌마 후덕한 인심을 누가 따를까?" 나물 몇 단 사들고 발걸음을 옮기니 그제서야 아주머니가 마수걸이를 했다며 좋아하신다.

모퉁이를 돌아 장 안으로 들어서니 잘 익은 과일들이 가게마다 널려있다. 진열대 위에 과일들은 저마다의 빛깔로 단내를 품어내며 오고 가는 사람들의 발길을 잡아끈다. 수박 한 통을 놓고 손님과 주인이 흥정을 벌이고 있다. "다른 데는 만 오천 원인데, 왜 여기는 이만 원을 받느냐"고 손님이 따지듯이 다그친다. 그러자 주인이 "이 수박은 그 수박과 종자부터가 달러

유, 메이커 수박이라 깎아 줄 수가 없어유"라며 맞받아친다. 손님과 주인의 수박 값 흥정은 한참 동안 끝날 줄을 몰랐다.

멀리 사는 친구에게 과일을 보내려고 살며시 문을 열고 가게 안으로 들어서니 하얀 머리 할아버지가 반갑게 맞아준다. 손님을 기다리는 때 묻은 방석들도 낯설지가 않다. 이곳에서 장사를 시작한 지 50년이 넘었단다. 깎아놓은 과일을 먹어보라며 건네는 할아버지의 손길에서 장터 사람들의 넉넉한 마음이 고스란히 묻어난다. 친구와 어렸을 적 추억들을 생각하며 진열된 과일들을 바구니에 담았다. 먼 길에서 보내온 따뜻한 정성에 감동하는 친구의 모습이 눈에 선하다. 저 멀리서 아줌마가 수박 한 통을 들고 걸어간다. 아까 실랑이를 벌이던 그분이었다. 발걸음이 가벼운 걸 보니 뜻대로 흥정이 잘 된 모양이다.

생선 가게를 지나자니 나이 지긋한 아주머니가 돋보기안경 너머로 꼬깃꼬깃 접혀진 천 원짜리 지폐에 침을 발라 한 장 한 장 세고 계신다. 야무지게 돈 세는 모습을 보니 오늘 매상賣上은 좋았나 보다. 고향을 떠나오기 전 어머니를 따라 장에 나오면 생선은 항상 이 집에서 샀었다. 내 어린 기억 속에 그때 그 아주머니도 당차고 후덕했었다. 통통한 고등어 한 손을 사면 한물 간 생선 몇 토막을 덤으로 얹어주시던 정이 많은 분이셨다.

지금도 살아계실까?

해가 기우는 저녁나절, 출출함을 달래려고 국밥 집에 들렀다. 식당 안에는 옻오른 것 처럼 벌건 얼굴을 한 남정네와 아낙네가 뒤섞여 일찌감치 자리를 잡고 앉아있다. 콧속으로 풍겨오는 사람 냄새가 좋다. 국밥 한 그릇에 막걸리 한 사발 시켜놓고 그들의 넋두리에 귀 기울이니 거칠게 주고받는 입담 속에는 장사꾼들의 고단한 삶이 고스란히 묻어있다. 산다는 것, 아무런 짐 없이 가볍게 나서는 산책 같은 것일 수는 없는 걸까.

식당 문을 나서니 해는 뉘엿뉘엿 서산으로 넘어가고 장사꾼들도 썰물처럼 빠져나갔다. 막걸리를 많이 마신 탓일까? 벌겋게 달아오른 얼굴에 바람이 스쳐 지나간다. 붉게 물든 석양 아래 갈 곳을 잃은 사람처럼 나는 불어오는 바람을 따라 무작정 시골길을 걸었다.

* 마수걸이 : 그 날 장사에서 처음으로 물건을 파는 일

단재 신채호

우리나라 독립운동사에서 가장 존경받는 사람은 누구일까? 아마도 단재丹齋 신채호申采浩 선생이 아닐까 싶다. 청주에 살면서도 그분에 대해 아는 것은 단편적이었다. 애국지사였다는 것, 세수를 할 때 허리를 굽히지 않았다는 것, 그리고《조선상고사》를 썼다는 것 정도가 전부였다. 더 알고 싶은 마음은 늘 있었지만 그 이상 뭔가를 해본 일은 없었다.

낭성면 귀래리, 고령 신씨의 집성촌이 있고 단재 선생의 유허지가 있는 곳이다. 여덟 살에 이곳으로 이사 와 친구들과 함께 공부하며 뛰어놀았던 곳. 집안은 가난했으나 아버지가 태어난 고향, 친구들이 있었기에 마음만은 푸근하지 않았을까.

간밤에 내린 하얀 눈을 밟으며 유허지에 도착하니 나뭇가지에서 눈덩이 떨어지는 소리만 간간이 들릴 뿐 사방이 조용하다. 오늘은 내가 처음 방문객인 모양이다. 찾는 이가 없어서 그런지 들판에 덩그러니 서 있는 유허비가 불어오는 바람에 더욱 쓸쓸해 보인다. 책을 읽는 단재 선생 옆에서 쪽진 머리를 하고 단아하게 서 있는 여인, 박자혜朴慈惠 여사가 아닌가. 가난에 시달려 삶은 비록 궁했지만 사랑하는 사람이 곁에 있으니 얼마나 행복했을까.

외삼문外三門을 지나 사당 안으로 들어서니 넓은 이마에 검은 눈썹. 둥그런 눈매에 길게 기른 콧수염. 영정 사진 속에는 단재 선생이 검정색 두루마기를 입고 기품 있는 모습으로 앉아계셨다. 저분이 살아생전 단재의 모습이었단 말인가. 언론인이면서 민족주의자, 역사가이면서 아나키스트였던 사람, 한 사람이 이렇게 다양한 경력을 가질 수 있었던 것은 우리나라에 독립운동의 역사가 있었기에 가능한 일이었다. 언론으로도 민족주의 독립운동으로도 나라를 찾을 수 없어 아나키즘(무정부주의)에까지 경도傾倒되었던 것이 단재의 삶이었다.

나라가 암울했던 시절, 수많은 사람들이 해외에서 이 땅에서 나라를 지켰다. 그러나 단재처럼 이론과 실천을 겸비했던 지사는 흔치 않았다. 민족주의자들이 준비론과 외교론을 외치며 사대 굴욕 외교를 할 때 단재 선생은 단호히 무력 혁명을 주장했다. 제국주의자들의 횡포에 눈 한번 크게 뜨지 못하는 유약한 민족주의자들의 틈바구니 속에서, 그 민족주의자들마저도 변절해 버리는 역사의 아이러니 속에서 단재는 나라의 독립을 위해서는 물불을 가리지 않고 무엇이든 하고야 마는 강직한 사람이었다.

1928년 무정부주의 동방 연맹에서 활동하던 그는 군자금을 마련하기 위해 대만에 갔다가 일본 경찰에게 체포되었다. 공판 과정에서 일본 재판관이 사기 행각은 나쁜 짓이 아니냐고 다그쳐 묻자 "우리나라가 나라를 되찾기 위해서 하는 일들은 모두가 정당한 것이니 사기가 아니며, 민족을 위하여 도둑질을 할지라도 부끄러움이나 거리낌이 없다"라고 담담하게 이야기 했다. 얼마나 용기 있고 기개 넘치는 대답이었던가.

여순 감옥에서 옥고를 치르던 단재는 하루가 다르게 병색이 깊어갔다. 친지들이 일가뻘 되는 한 부호를 설득하여 그의 보증 아래 가석방을 시키려 하였으나 단재는 그가 친일파라는 이유로 거절했다. 친일파에게 목숨을 구걸하는 것은 민족정신을 꺾는 일이라고 생각했기 때문이다. 1936년 2월 21일, 단재는 모진 고문 끝에 뇌일혈과 동상, 영양실조와 고문 후유증으로 옥중에서 세상을 떠났다. 대한민국을 뜨겁게 사랑했고 잃어버린 나라를 되찾기 위해 한 번도 절개를 굽힌 적이 없었던 사람. 민족의 큰 별은 그렇게 사라졌다.

몇 해 전, 단재 선생이 국적을 회복했다는 소식을 언론에서 접했다. 살아서도 국적이 없었고 죽어서도 국적이 없었던 사람. 타계한 지 백 년의 세월이 흘러서야 국적을 회복했다는 사실이 부끄러웠다. 그동안 후손들은 얼마나 많은 마음의 고통을 겪었을까. 그러고 보니 우리는 모두 역사 앞에 부끄러운 사람들이다. 영정 앞에 서서 한참 동안을 바라보니 금방이라도 내 곁으로 다가와 말을 걸 것만 같았다. 사당 뒤편 조그만 오솔길을 따라 묘소에 오르니 그 옛날 만주 벌판을 호령하던 단재의 모습이 눈에 선하다.

단재는 언론인으로 역사학자로 뛰어난 분이었다. 그리고 민족의 평화와 자유를 위해 일생을 바쳤다. 그러나 그보다 더 뛰어났던 것은 피 끓는 애국심과 민족의식, 그리고 독립운동에 대한 열망이었다. 동북 공정으로 중국의 역사 왜곡이 끊이질 않고 있는 지금 그의 민족정신이 얼마나 정결하고 숭고했는지 저절로 옷깃을 여미게 한다.

서점의 변신

책 향내 물씬 나던 동네 서점이 하나 둘 사라지고 있다. 한국서점 조합에 따르면 2000년대 초에는 전국에 삼천여 곳의 동네 서점이 있었는데, 지금은 천여 곳 밖에 되지 않는다고 하니 십여 년 사이에 이천여 곳이 사라졌다. 이러한 현상은 청주도 예외가 아니다. 2000년대 초, 오십여 곳 되던 것이 이제는 열일곱 곳 밖에 남아있지 않다니 몰락의 길을 넘어 멸종의 길을 걷고 있다.

동네 서점이 쇠락하게 된 것은 문명의 발달도 크게 한몫을 하고 있다. 인터넷과 스마트폰의 발달로 즐길 거리가 다양해지면서 책 읽는 문화가 점점 사라지고 있다. 인터넷이 없었던 시절 우리는 지식과 정보를 동네 서점에서 얻었다. 한적한 동네 어귀 눈에 잘 띄는 곳에는 어김없이 서점이 있었다. 이때만 해도 동네 서점은 이야기를 주고받던 사람들의 사랑방이었다. 아이들 키우는 이야기부터 세상 돌아가는 이야기까지 그곳에는 언제나 책 냄새가 있고 사람 냄새가 있었다.

학창 시절 나는 친구들과 학교 앞 서점을 자주 갔었다. 그때는 매월 말 시험을 보는 월말고사와 전국의 학생들이 동시에 시험을 치르는 일제 고사가 있었다. 시험이 많다 보니 학교 앞 서점은 참고서를 사려는 학생들로 늘 북새통을 이루었다. 공부에 별로 관심이 없었던 나에게는 참고서를 고르는 것도 쉬운 일이 아니었다. 그래서 생각한 것이 공부 잘하는 친구가 고르는 참고서를 따라 고르는 거였다. 이번 시험문제는 내가 고른 참고서에서 우수수 쏟아져 나오기를 바라는 마음으로…. 그때는 참고서를 팔기 위한 주인아저씨의 투박한 말솜씨도 구수했었다.

우리 아이들이 한참 커갈 무렵에도 나는 동네 서점을 자주 들렀다. 휴일이면 동네 서점에 들러 아이들과 책을 보는 것이 큰 즐거움이었다. 진열대 위에 누워있는 책들은 선택이라도 받으려는 듯 나를 빤히 바라보고 있었다. 아이들도 분주하게 책을 골라 내 옆에 앉았다. 책을 읽는 표정들도 제법 진지해 보였다. 어떤 책을 읽었을까? 그때는 아이들이 어떤 책을 읽든 관심을 두지 않았다. 그냥 책과 가까워지기를 바랐고 책과 관련된 좋은 추억 하나 정도는 가슴에 품고 살아가기를 원했다.

며칠 전 친구가 사무실로 찾아와 엽서 한 장을 건넸다. 자세히 읽어보니 인문학 콘서트에 초대한다는 내용이었다. 이 친구는 지역에서 조그마한 서점을 운영하고 있는데 해마다 이맘때면 고객들을 위해서 작은 북 콘서트를 연다고 했다. 북 콘서트가 열리는 날, 서둘러 그곳으로 향했다. 아메리카노 커피 향이 은은하게 흐르는 오십 평 남짓한 작은 공간에는 책들이 빼곡히 꽂혀 있었고 진열대 사이로 커피를 든 사람들은 누가 먼저랄 것도 없이 자연스럽게 둘러앉아 정담을 나눴다. 초대된 작가도 그 속에 있었다. 콘서트는 작가의 책 낭독을 시작으로 음악과 영상이 조화롭게 어우러져 진행되었다. 격식과 형식은 없었지만 사람이 있고 이야기가 있었다.

그날 내가 본 서점은 책을 파는 공간만이 아니었다. 지역 주민들에게 즐거움을 주는 문화 공간이었다. 학생에서 노인에 이르기까지 누구나가 드나드는 만남의 공간이었다. 책을 통해 배워야 할 도덕적 품성과 예술적 감성, 비판적 지성을 이곳에서 배우고 있었다. 그동안 동네 서점을 이용하는 사람들이 줄어든 것은 생활에 지쳐 저녁이 있는 삶을 누리지 못했기 때문인지도 모른다.

이제는 아는 것이 힘이 아니라 생각하는 것이 힘인 세상이 되었다. 가끔씩은 번뇌에서 벗어나 커피 향이 있고 책이 있는 동네 서점을 찾아가 보자. 그 속에서 나만의 시간을 가져보자. 옛날 골목길 모퉁이를 돌아서면 반갑게 만날 수 있었던 동네 서점의 화려한 부활을 기대해본다. (2016. 9)

장모님 연가

밤새도록 내린 눈이 소복이 쌓였다. 앙상한 나뭇가지 사이로 푸근하게 내려앉은 눈 지붕이 정겹다. 장모님 산소에 가는 중이다. 산소 주변에는 고라니의 발자국들이 여기저기 널려있다. 가족들을 대신하여 문안 인사차 들렀나보다. 골짜기를 타고 불어오는 솔바람이 귓불을 때린다.

사는 것은 아픔이고 견디는 일은 눈물이라고 했던가. 장모님은 돌아가시는 날까지 아픔으로 눈물로 세상을 사셨다. 평생을 한량閑良처럼 살다 가신 장인어른을 만나 엄마로, 며느리로, 가장 노릇까지 하면서 일생을 사셨으니 참으로 고달프셨다. 삼십년 전 처음 뵈었을 때도 장모님은 식당 일을 하고 계셨다. 그리고 말년에는 조그만 식당을 차려 한 푼 두 푼 모은 돈으로 힘겹게 살림을 꾸리셨다. 연세도 드셨으니 일손 좀 놓으라는 딸들의 만류에도 불구하고 돌아가시는 날까지 식당 일을 하셨다. 당신을 위해서는 평생 옷 한 벌 사 입지 않으셨다.

장모님은 나를 김 대감이라고 불렀다. 조선시대 정승이나 판서를 지낸 양반을 높여서 부르던 말이 대감 아니던가. 장모님의 호칭 덕분에 처갓집에서 나는 늘 귀한 대접을 받았다. 명절날이면 어김없이 걸려오는 한 통의 전화. "김 대감 언제 올 건가?" 장모님은 내가 도착해야 밥상을 차렸다. 펄펄 끓는 백숙의 뒷다리 한 쪽은 항상 내 몫이었다. 공직에 몸담고 있는 사위가 자랑스러웠을까, 아니면 높은 벼슬을 하라는 장모님의 덕담이었을까. 지금 이렇게 공직에 몸담고 탈 없이 살아가고 있는 것도 장모님이 불러주신 호칭 때문은 아닐는지….

나뭇잎 떨어지는 어느 가을날, 장모님은 그동안 모아두었던 통장을 아내에게 건네주며 말씀 하셨다. "내가 아프면 네가 병원에 데려가 달라"고…. 힘든 살림에 형제들은 어려서부터 객지 생활을 했는데 아내는 장모님 곁에서 정을 받고 자랐다. 그래서였는지 장모님은 아내를 무척이나 믿고 의지했다. 돌아보니 장모님은 생일날에도 자식들과 마주 앉아 오순도순 식사하는 모습을 본 적이 없다. 항상 부엌에서 일을 하셨고, 자식들 먹는 모습 바라보다가 상 모퉁이에 앉아서 있는 듯 없는 듯 식사를 하셨다. 자식들에게 살갑지 못했던 지난날들의 한스러움 때문에 그러셨던 거겠지.

삼 년 전, 추석 연휴가 끝날 무렵 장모님은 아내에게 며칠째 쓰린 속이 가라앉질 않는다며 병원을 가자고 하셨다. 평소에도 그런 일이 있었기에 단순한 소화불량이려니 생각하고 대수롭지 않게 병원을 찾았다. 그런데 웬 날벼락이란 말인가? 이런저런 검사 끝에 병원에서 내린 진단은 담도암 말기, 앞으로 살날은 육 개월 정도 남았다고 했다. 아내의 얼굴이 하얗게 변했다. 덩달아 내 마음도 하얗게 변해가고 있었다. 입원한 지 한 달이 지날 무렵 의사 선생님에게 연락이 왔다. 병원에서는 더 이상 해줄게 없으니 퇴원을 하란다. 하늘이 노랗고 다리가 후들 거렸다.

다음 날 아침, 서둘러 장모님을 퇴원시켰다. 집으로 돌아오는 길, 가로수 길에는 단풍이 빨갛게 물들고 있었다. 어느 날 어머니가 장모님 가져다 드리라며 호박죽을 쑤어 주셨다. 온기 잃은 차가운 방에는 장모님만 혼자서 누워계셨다. 하루가 다르게 기력이 떨어지는 것 같았다. 밥상 위에는 호박죽 한 그릇과 김치 한 사발, 소박한 밥상이었지만 장모님은 맛있게 한 그릇을 다 드셨다. "김 대감 잘 먹었어" 마주 앉은 밥상머리 앞에서 나는 자꾸만 눈물이 흘렀다.

오늘처럼 흰 눈이 내리던 그해 겨울날, 장모님은 우리 곁을 떠나셨다. 아내의 통곡소리가 산천을 흔들어도 장모님은 아무런 대답이 없으셨다. 투병 생활을 시작한 지 꼭 백일만의 일이었다. 오래도록 내 곁에 있을 것만 같았던 장모님의 모습을 이제는 어디에서도 볼 수가 없다. 장모님이 안 계신 지금, 아내는 고아 아닌 고아가 되었고 나는 처갓집을 잃었다. 명절 날, 동생들은 처갓집 간다고 법석을 떠는데 먼 하늘만 바라보던 아내의 모습이 애처롭게 떠오른다. 하얀 눈을 밟으며 내려오는 길, 산비둘기 한 쌍의 구슬픈 울음소리가 산속의 적막을 깨우고 있다.

* 한량閑良 : 일정한 직장 없이 놀고먹는 사람

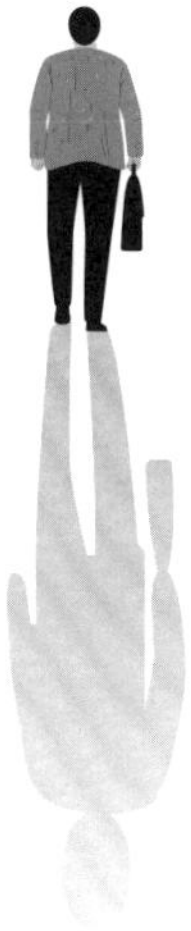

|5장|

연인처럼

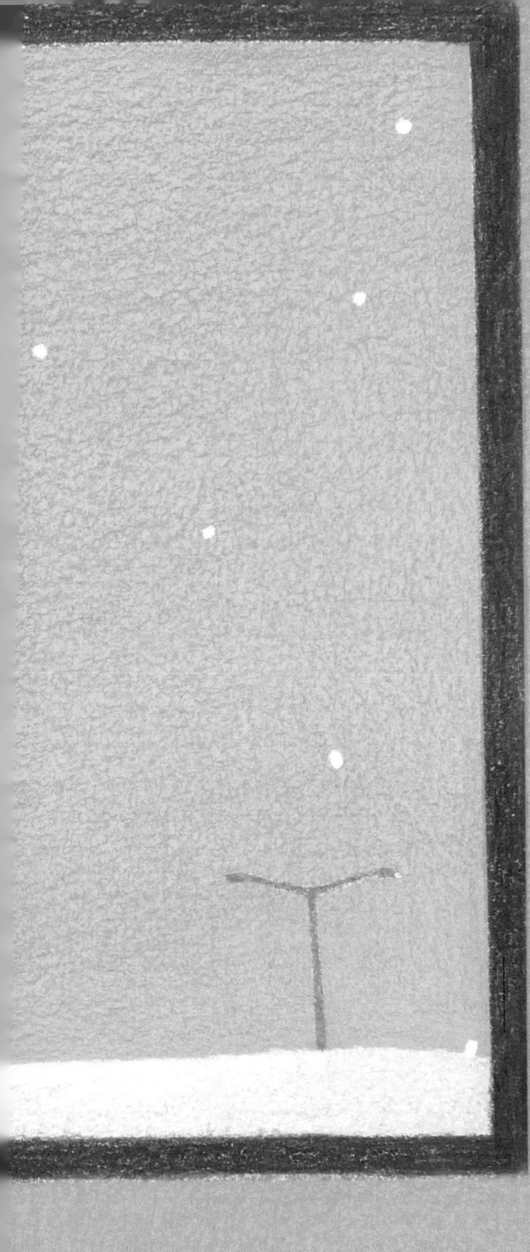

당신이 보고 싶은 날이면 길거리에 버려진 빈 깡통처럼 쓸쓸함과 외로움이
내 몸속을 파고들었습니다. 가려서 볼 줄 알고 새겨서 들을 줄 아는 나이가 되었는데도
아직도 나는 크고 있는 나무인가 봅니다.

날숨소리

화양동을 걸으며

아픈 기억

산수유 꽃 필 때면

담배를 피우며

흔적을 찾아서

간절함

의암 손병희

소박한 진리

연인처럼

날숨소리

아버지가 천식으로 고생을 하신 지도 수년의 세월이 흘렀다. 평소에도 가끔씩 산소마스크의 힘을 빌리지 않으면 호흡 장애를 겪곤 하셨다. 천식 환자들은 걷는 걸 힘들어 한다. 조금만 걸어도 숨이 차올라 오래 걸을 수가 없다. 오십 년을 넘게 피워 온 담배를 끊었어도 증상에는 별다른 차도가 없다. 그래서였을까? 언제부턴가 나는 아버지를 모시고 먼 길 떠나는 일은 엄두도 못 내고 살았다.

올해로 아버지가 팔순이 되셨다. 의미 있는 일을 해드리고 싶은데 무엇을 해야 하나. 남들 흔히 갔다 오는 해외는 고사하고 제주도 한번 못 가보신 분 아닌가. 없는 살림에 마누라, 자식들 건사하느라고 그러셨겠지. 더 늦기 전에 아버지를 모시고 제주도를 다녀오기로 했다. 여행을 떠나기 며칠 전부터 아버지는 살아온 세월을 가방에 담으며 조용히 여행을 준비하고 계셨다.

제주도로 떠나는 날, 공항에서 문제가 생겼다. 무엇보다 천식 환자와 비행기를 타는 일이 쉽지가 않았다. 평소 아버지는 벤토린Ventorin 이라는 약품을 달고 사신다. 이 약품은 기도를 확장시켜 호흡을 쉽게 할 수 있도록 도와주는 휴대용 흡입 약품이다. 문제는 이것이 비행기 반입 금지 물품이었다. 이 약이 없으면 아버지는 한나절도 못 가서 호흡곤란을 겪으실 텐데…. 갈 수도, 안 갈 수도 없는 상황이 되어버렸다. 허탈한 마음에 시선을 돌리니 저 멀리서 아버지가 나를 바라보고 계셨다. "애비야. 무슨 일 있는 거니? 왜 이렇게 오래 걸려" 애타게 물어오는 아버지의 음성이 허공을 타고 내 귓전에 들려오는 듯했다. 항공사 관계자를 찾아가 사정을 이야기했다. 한참을 듣고 난 그분은 내 말에 믿음이 갔는지 종이 한 장을 내밀며 서약서를 쓰라고 했다. 비행기 안에서 일어나는 아버지의 모든 일은 내가 책임을 져야 한다는 내용이었다. 그렇게 서약서를 쓰고 나서야 우리 부자는 제주행 비행기에 오를 수 있었다.

처음 맞는 여행길, 서귀포 약천사로 향했다. 아버지가 절을 좋아하셨던 이유도 있었지만 바다가 한눈에 내려다보이는 아름다운 절이라는 소문을 익히 들었다. 범종루에 올라 법고를 두드리는 스님의 미소가 세속 영화 다 버리고 바람처럼 살다 가신 부처님의 미소를 닮았다. 법당 안에 들어서니 많은 불자들이 부처님 앞에 절을 올리고 있다. 무슨 소원이 저리도 간절할까? 연좌 위에 앉아계신 부처님을 바라보니 '맑고 깨끗한 내 마음이 부처님 마음'이라고 가만히 일러주는 듯했다. 아버지의 건강을 발원하며 나도 부처님께 두 손 모아 절을 올렸다.

그다음 들른 곳은 퍼시픽랜드Pacificland. 돌고래와 사람이 하나 되어 펼치는 환상적 공연, 물 위로 자유롭게 뛰어오르는 돌고래가 사람들의 시선을 사로잡는다. 그 속에서 아버지가 웃고 계신다. 소년처럼 환하게 웃으시는 저 모습을 본 적이 있었던가. 숙소로 돌아오는 길, 우리 부자에게 추억이라도 선물하려는 듯 서쪽 하늘을 붉게 물들이며 지는 해가 천상의 비경을 만들어 놓았다.

둘째 날부터 아버지가 힘들어 하신다. 얼굴이 창백하고 말수가 적어지셨다. 산소마스크 없이 하루를 견디기가 힘드셨던 모양이다. 계획했던 일정은 모두 쓸모가 없어졌다. 아버지와 나는 차창 밖으로 풍경을 볼 수 있는 해안가 도로를 무작정 달렸다. 청정한 하늘과 에메랄드빛 푸른 바다가 팔 벌려 우리를 품어주었다. "애비야 고맙다. 이런 구경을 시켜줘서…."

돌아오는 날, 비행기 안에서 아버지가 잠이 들었다. 제주도에서의 일정이 힘드셨던 모양이다. 잠든 아버지를 바라보니 참 많이도 늙으셨다. 한 울타리 안에서 물같이 구름같이 정을 섞으며 살았던 어린 시절 그때가 그리워진다.

그날 이후 아버지는 병원에 계신다. 하루는 병상에 누워서 평소 친분을 나누셨던 분들의 안부를 물으셨다. 늙어서 외로운 건 아파서가 아니라 살아온 추억들이 생각나는 것이리라. 그날 밤 나는 아버지 곁에 앉아 보릿고개 넘어오신 오래된 추억담을 한참 동안 들어야 했다. 휘영청 뜬 보름달이 창문 밖에 걸려 있다. 깊숙이 들어 마셔 휴~우하고 내뿜는 아버지의 날숨소리가 병실 안의 적막을 가르고 있다. (2018. 8)

화양동을 걸으며

나는 길을 좋아한다. 길을 걷다 보면 만나게 되는 자연의 섭리가 경이롭다. 오늘도 국화차 한 통에 사과 한 덩어리를 배낭에 넣고 화양동 숲길을 걸었다. 해마다 걷는 길이지만 자연은 언제나 새로운 모습으로 우리를 맞아준다. 지난해 이 길을 걸을 때는 단풍이 곱게 물들어 있었는데 오늘은 푸르름이 가득한 신록의 계절이다.

주자가 은둔했던 무이구곡武夷九曲이 이러했을까? 높이 솟은 기암괴석 경천벽을 바라보며 운영담을 지나면 우암尤菴 송시열宋時烈이 낙향하여 제자들과 학문을 즐겼다는 계곡 위의 작은 집, 암서재를 만난다. 부처님의 정기 서린 도명산을 감싸 안고 장엄하게 흐르는 화양천의 절경 위에 다소곳이 앉아있는 암서재의 툇마루에는 옛날 선비들의 글 읽는 소리가 계곡의 맑은 물소리와 함께 청량하게 흐른다.

암서재를 지나 구름에 묻힌 절, 채운사에 들렀다. 높은 법력 때문인지 마당을 쓸고 계신 스님의 뒷모습이 낯설지가 않다. 경건하게 들려오는 목탁 소리를 따라 조용히 대웅전으로 발걸음을 옮기니 오랜 세월 이 자리를 지키고 계신 석가모니 부처님의 온화한 미소에 시선이 머문다. 채운사에서 바라본 도명산의 풍경이 아름답다. 계곡에 흐르는 은빛 물결을 따라 하늘 높이 치솟은 웅장한 바위와 골짜기마다 들어선 아름드리 소나무가 한 폭의 산수화를 이루고 있다. 산사로 불어오는 소슬한 바람이 채운사의 풍경소리와 만나 화음을 이루니 이곳이야말로 부처님이 살고 계신 도솔천이 아닌가.

구름을 뚫고 우뚝 솟은 능운대에서 계곡의 물소리를 들으며 숲길을 걷다 보면 버들강아지와 쪽동백나무, 비목나무 등 이름 모를 나무들이 푸르름을 뽐내며 도열해 있다. 스치듯 지나가는 선경仙境을 바라보니 물소리도 산울림도 모두가 여유롭다. 자연은 이렇게 저마다의 몸짓으로 생명을 노래하고 있는데 우리의 삶은 어떠한가? 사사로운 일에 상처받고, 가끔씩은 푯대를 잃어 방황하면서도 더 빠르게 살려는 욕심 때문에 경쟁하듯 오늘을 살고 있지 않은가. 때로는 더디고 깊은 삶이 더 소중하다는 것을 알면서도….

와룡암과 학소대를 지나 너럭바위가 하얗게 널려있는 파천에 이르렀다. 국화차 한 잔에 목을 축이고 흐르는 물에 발을 담갔다. 흘러가는 구름과 어우러진 산속의 바람이 포근하다. 알록달록한 옷차림을 하고 유유자적 숲길을 걷고 있는 사람들의 뒷모습이 아름답다. 저마다의 빛깔로 오늘을 기억하겠지…. 화양동의 유월은 신록을 물들이는 쪽빛 햇살의 모습으로 그렇게 우리 곁에 머물고 있다.

가끔씩은 혼자 길을 걷고 싶을 때가 있다. 문명을 벗어나 혼자 걷는 길에는 넉넉함이 있다. 그리고 간섭하는 사람이 없으니 마음이 편안하다. 낯선 길을 마주하면 두려움과 설렘이 있고, 끝을 모르고 걸어야 하는 고행의 순간들도 있다. 길모퉁이를 돌아서면 가끔씩 넓은 세상을 만나기도 하지만 더 넓은 세상을 찾아서 또다시 길을 나선다. 우리네 인생도 길을 걷는 것과 다르지 않다. 걷는다는 것, 나에게는 영혼의 자유를 찾아 떠나는 즐거운 여행길이다.

이제는 나도 넓은 시야를 가져야겠다. 자연과 더불어 많은 대화를 나눌 수 있는 마음 넓은 시야를…. 그리고 길 위에서 불어오는 바람의 속삭임에도 크게 감동할 줄 아는 여리되 강한 사람이 되어야겠다. 저 멀리서 카메라에 풍경을 담고 있는 젊은 연인들의 모습이 평화롭다. 산 그림자 너머로 숨어버린 햇살을 따라 화양동의 하루가 저물어 간다.

* 무이구곡武夷九曲 : 중국 푸첸성福建省 무이산 계곡의 아홉 구비 경치

아픈 기억

회의를 마치고 돌아오는 길, 상당공원에 들렀다. 도심 속 공원이라 그런지 화단 위에 피어있는 노란 꽃들과 내리쬐는 햇살 아래 그늘 깊은 나무들이 정갈하다. 여유를 즐기려는 듯 나무 그늘 아래 삼삼오오 모여앉아 이야기를 나누는 어르신들도 눈에 띈다. 호국보훈의 달 유월을 기념이라도 하려는 듯 공원 맞은편 교통섬에서는 대형 태극기가 맞바람을 맞으며 펄럭이고 있다.

공원에 들어서면 가장 먼저 보이는 게 웅장하게 솟아있는 도민 헌장 탑이다. 그 뒤에 보일 듯 말 듯 숨어있는 동상이 있는데 구한말 나라를 지키기 위해 분연히 일어섰던 청주 출신 의병장 한봉수의 동상이다. 33승 1패, 유격전의 명수였던 그였으니 동상도 보일 듯 보이지 않게 숨어있는 모양이다. 길목에 몸을 숨겨 기다리고 있다가 성난 매의 눈을 하고 한순간 달려드는 한봉수의 의병에게 일본군은 저항도 못해보고 속수무책 당했으리라. 짚신을 신고 화승총을 들고 '돌격 앞으로!'를 외치고 있는 동상 앞에 서니 절로 고개가 숙여졌다. 자판기 커피 한 잔을 뽑아들고 벤치에 앉아 신록의 푸르름을 즐기고 있는데 젊은 여자 두 명이 유모차를 끌고 동상 앞을 지나가며 이야기를 나눈다.

"저 동상 누군지 알아?", "모르겠는데!" 한 여자가 동상 앞으로 다가가 비문을 읽은 후 이렇게 말한다. "한봉수 의병장이래. 싸움을 잘했나 봐", "어렸을 때 부모님 속 꽤나 썩였겠는 걸", "나중에 우리애가 의병장 한다면 나는 반대야", "나도 마찬가지야, 그런데 한봉수는 어느 시대 사람이지?", "글쎄, 조선시대 사람 아닐까? 임진왜란 때 의병이 많았다던데"

깔깔대며 이야기를 나누다가 어디론가 사라지는 두 사람의 뒷모습을 한참 동안 바라보았다. 번개 대장 칭호를 받으며 일본군과 목숨 바쳐 싸웠던 의병장 한봉수가 그들에게는 그저 싸움만 하고 부모님 속만 썩이던 골칫덩어리 아들 정도로 치부되고 있었다. 6·25 전쟁에 참가했던 노병老兵이 그 소리를 들었다면 무슨 말씀을 하셨을까?

유월은 희망찬 달이다. 일 년 중 가장 생명력이 넘치는 달이다. 그러나 우리에게는 잊어서는 안 될 역사가 있다. 지금 우리가 누리고 있는 평화로운 일상은 그냥 얻어진 게 아니다. 조상들의 뜨거운 희생 위에 꽃처럼 피어난 것이기에 더욱 값지고 소중하다. 그런데 세월이 흐를수록 아픈 역사에 대한 우리의 기억은 점점 흐려져 가고 있다. 며칠 후면 현충일이다. 나라를 위해 싸우다 희생하신 순국선열의 충렬忠烈을 기리는 날이다. 그리고 6·25 전쟁이 발발한지 65주년이 되는 해이다. 6·25전쟁은 역사적으로도 우리 민족에게 큰 아픔이었다. 비록, 전쟁의 상처는 잊는다 하더라도 나라를 구하기 위해 목숨을 바친 전쟁의 영웅들을 잊어서는 안 된다. 그게 바로 애국이다.

나른한 오후, 직원이 커피 한 잔을 들고 사무실로 찾아왔다. 현충일 행사 추도시를 쓰려고 하는데 막막해서 도움을 청하러 왔단다. 어떻게 써야 하나! 한참을 망설이다가 이렇게 적었다.

나라 잃은 서러움을 뼈 속 깊이 느꼈기에
온몸을 던져 이 땅을 지키셨습니다.
오늘날 빛나는 대한민국은 정녕 님의 분신입니다.
힘든 역경 이겨내고 다시 맞은 유월이여
붉은 장미 한 다발로 정성스레 기립니다.

역사를 잊은 민족에게 미래는 없다고 했다. 과거 승리의 역사를 기억하는 것도 좋지만 실패의 역사를 되풀이하지 않으려는 노력은 더욱 중요하다. 조상들이 살아온 역사가 우리의 역사이고, 민족의 역사이기 때문이다.

이번 주말에는 가까운 전적지라도 찾아야겠다. 그리고 조국의 어둠을 밝히고자 맨몸을 불사르다 초연히 우리 곁을 떠나가신 그분들께 붉은 장미 한 송이 올려야겠다. (2015. 6.)

산수유 꽃 필 때면

아파트 화단 위에 노랗게 핀 산수유 꽃가지 위로 비가 내린다. 이곳으로 이사 와서 피고 지는 것을 몇 해째 보고 있다. 산수유 꽃은 화려하지는 않아도 순수해서 좋다. 잔잔한 향과 무던함이 있어서 좋다. 노란 저 꽃을 보고 있노라면 할머니의 품속처럼 은은한 여유로움이 봄볕 따사로운 햇살 가득 가슴으로 밀려온다. 아버지를 따라 고향을 떠나오던 날에도 동구 밖 언덕까지 배웅 나와 손을 흔들어 주시던 할머니의 머리 위로 산수유 꽃물결이 뭉게구름처럼 흘렀었다.

할머니는 사계절 중에서 봄을 좋아하셨다. 날이 풀리고 새싹이 돋으면 아침 일찍 앞치마를 두르고 산으로 가셨다. 해가 서산에 기울어 어둑해져서야 앞치마 가득 나물을 뜯어 산을 내려오셨다. 먹을 것이 없었던 그 시절에는 산나물이 큰 반찬거리였다. 냉이, 달래, 고들빼기, 산마늘…. 캐 오신 나물을 처마 끝 멍석 위에 펼쳐 놓고 하나하나 이름을 불러가며 다듬으셨다. 가끔씩 더덕이라도 캐는 날이면 산삼을 캔 것처럼 좋아하셨다. "사람은 부지런해야 사는법여! 네가 부지런해야 나중에 처자식이 고생을 안 하는 거여" 해마다 이맘때면 노란 산수유 꽃그늘 아래서 조근 조근 세상사는 이야기를 들려주시던 할머니의 그 말씀이 생각난다.

군에 입대하여 처음 맞는 사월 어느 날, 내가 근무하던 천덕봉에도 산수유 꽃이 노랗게 피어 있었다. 위병소에서 연락이 왔다. 할머니가 면회를 오셨단다. 반가운 마음에 달려가 보니 저 멀리 언덕 위에 할머니가 서 계셨다. 노란 치마저고리를 입고 계시는 모습이 산기슭 가장자리에 곱게 피어있는 산수유 꽃을 닮았었다. "얘야. 얼굴이 많이 탔구나, 봄철 햇볕은 따갑다던데" 하시면서 내 얼굴을 어루만져 주시던 할머니의 그 손길이 그리워진다.

산수유 꽃은 부지런하다. 찬 설이 성성한 이른 봄에도 연약한 가지 위에 잎보다 먼저 꽃눈을 틔운다. 그리고 가을에는 한약재로 쓰이는 빨간 열매를 맺는다. 그래서 사람들은 이 나무를 아낌없이 주는 나무라고 부른다. 할머니의 삶도 그랬다. 초근 모피 그 시절에 가난을 친구 삼아 세월 가는 줄 모르고 일만 하면서 사셨다. 다리는 휘어져 오다리가 되고 허리는 산등성이처럼 굽었는데도 그때는 몰랐었다. 할머니의 삶을…. 누구나 그렇게 사는 줄만 알았다.

제대할 무렵 할머니는 우리와 함께 사셨다. 내가 늦게 집에 들어오는 날이면 늘 대문 밖에서 기다리고 계셨다. 그리고 술에 취해 비틀거리는 손자를 누가 볼까 봐 조용히 부축하여 방으로 데려다주셨다. 결혼하여 세 아이를 키울 때에도 할머니는 아이들을 유모차에 태우고 굽은 등 포대기에 업어 한나절씩 마실을 다녀오셨다. 대가족이 함께 살던 그 시절, 아내는 이 시간이 유일한 휴식이었다. 세월이 흘러 생각하니 층층시하 어른들을 모시고 사는 손자며느리를 위한 할머니의 속 깊은 사랑이었다.

언제부턴가 나에게 산수유 꽃은 그리움이다. 이십 년 전 그날도 화사한 봄날이었다. 가족들을 위해 무던한 삶을 사셨던 할머니는 노란 산수유 꽃이 질 무렵 우리 곁을 떠나셨다. 좋은 날 좋은 시에 자는 듯이 가고 싶다던 할머니의 소원대로 단아하고 여여如如하게 그렇게 가셨다. 피천득皮千得은 "그리워하면서도 한번 만나고 못 만나게 되기도 하고, 일생을 못 잊으면서도 아니 만나고 사는 게 인연"이라고 했다. 할머니와 나는 어떤 인연이었을까. 오랜 세월이 흘렀어도 생각하면 할수록 그리워진다.

창밖을 바라보니 문틈 새를 파고드는 빗줄기가 점점 굵어지고 있다. 이 비가 그치면 노란 저 꽃들도 하나둘씩 시들어 가겠지. 그리고 또다시 푸르름의 생명들을 잉태하겠지. 봄을 전하러 잠시 왔다가는 아쉬움 때문일까? 흩날리듯 뿌려대는 봄비 자락에 노란 꽃들이 부르르 떨고 있다.

담배를 피우며

아침마다 벌어지는 모습들이 풍경이다. 몇 해 전 근무할 때만 해도 없었는데 다시 이곳에 와보니 사무실 앞 도로변에 작은 컨테이너 하나가 서 있다. 담배 피우는 사람들을 위해 빌딩 관리사무소에서 만들어 놓은 모양이다. 고작해야 서너 사람 들어갈 수 있는 공간, 빌딩에서 근무하는 애연가들에게는 이 작은 공간이 유일한 휴식처이자 흡연구역인 셈이다.

누가 말했던가. 담배는 아침에 피우는 게 제 맛이라고. 그래서인지 이곳은 일을 시작하기 전에 담배를 피우려는 사람들이 자연스럽게 몰려드는 장소가 되었다. 이곳에서만큼은 남녀노소 구별이 없고 장유유서가 따로 없다. 먼저 들어간 사람들이 담배를 피우고 있으면 나중 사람들은 자연스럽게 도로변에 늘어선 채 재떨이를 둘러싸고 하얀 연기를 내뿜는다. 언제부턴가 이런 모습은 거리의 일상이 되었다. 지나가는 행인들이 눈살을 찌푸려도 그 정도의 눈치는 대수롭지 않게 여긴지 오래인 듯하다. 컨테이너 안에서도 나름대로의 원칙은 있다. 남자들은 담배를 피우다가도 여자들이 문을 열고 들어서면 슬그머니 자리를 피한다. 서로 약속한 것도 아닌데 불문율처럼 지켜지고 있다.

무슨 이유일까? 아직은 겨울이라 바깥바람이 차가운데 여자들이 들어오면 왜 남자들은 슬금슬금 그 자리를 피하는 건지. 남자들이 있는 것을 뻔히 알면서도 굳이 밀고 들어오는 여자들은 또 무슨 심보란 말인가. 가끔씩은 이 대열에 끼여서 담배를 피우고 있는 내가 처량하고 한심했다. 그런데 그 답을 얻기까지는 그리 오랜 시간이 걸리지 않았다.

얼마 전 빌딩관리사무소에 나이가 지긋하신 노인 한 분이 들어오셨다. 도심 속 어느 초등학교에서 경비를 서다가 이곳으로 직장을 옮겼단다. 작은 키에 카랑카랑한 목소리, 올라간 눈썹에 오목한 눈동자. 누가 봐도 보통 분이 아니었다. 그날도 그분은 담배꽁초를 줍느라 아침부터 분주했다. 컨테이너 문을 열자 때마침 사십 대 중반 쯤 돼 보이는 여성이 담배를 피우고 있었다. 그냥 지나칠 그분이 아니었다. “자네 담배 피우는 거 남편이 알아?" 퉁명스러웠다. 여자는 무슨 상관이냐며 되받아 치고는 기분이 상한 듯 총총히 밖으로 사라졌다.

그날 알았다. 여자들이 담배를 피우러 컨테이너로 들어가는 이유를. 지나가는 사람들에게 담배 피우는 모습을 보여주기가 싫었던 것이다. 유교적 관념으로 세상을 바라보는 사람들에게 여자들의 담배 피우는 모습은 그리 좋아 보일 리가 없다. 여자들이 들어서면 그 자리를 피하려는 남자들의 마음도 알 것 같다. 낯선 중년의 여자와 좁은 공간에서 맞담배의 상대가 된다는 것이 남자들에게는 불편한 일인지도 모른다. 세상은 하루가 다르게 변해가고 있는데 흡연만큼은 아직도 남자들에게 관대하다. 이제는 여자 흡연에 대한 사회적 시선도 변해야 하지 않을까?

살아생전 할머니도 담배를 피우셨다. 부엌일을 하다가도 피우셨고, 논밭 일을 하다가도 피우셨다. 그래도 뭐라고 말하는 사람은 없었다. 힘든 시절을 살아가는 사람들에게 유교적 관념이 뭐가 그리 중요했겠는가. 그 시절 할머니에게 담배는 외로움과 쓸쓸함을 달래주는 친구 같은 존재였다. 깊숙이 내뿜는 할머니의 하얀 담배 연기 속에는 세월의 고단함도 함께 묻어있었으리라.

내가 처음 담배를 피운 것은 재수하던 시절이었다. 군대 시절에는 전우애로 피웠고, 직장 생활을 하면서는 술과 고독을 친구 삼아 피웠다. 그때만 해도 담배는 인생의 멋과 고민에 비례하는 줄 알았다. 얼마 전 건강검진을 받았는데 의사 선생님이 담배를 끊으라고 하신다. 폐의 기능이 예전만 못하단다. 가슴이 답답하고 허전함이 밀려왔다. 그러고 보니 담배와 함께한 삶도 어느덧 삼십여 년의 세월이 흘렀다. 이제는 끊어야 하는가!

휴일이라 그런지 컨테이너가 한산하다. 텅 빈 공간에 홀로 앉아 습관처럼 담배를 꺼내 물었다. 내일이면 이 거리는 또다시 하얀 연기로 넘쳐나겠지. 속절없이 타들어 가는 불씨를 바라보며 공허한 마음을 연기로 채운다.

흔적을 찾아서

역사의 물줄기를 거슬러 오르면 청주의 역사는 어디쯤 닿을까? 천년의 세월이 흘렀어도 청주가 백제의 땅이었다는 사실이 사람들의 기억 속에 뚜렷이 남아있는 것은 이 땅에 처음 세워진 나라가 백제였고, 그 후 600여 년 이곳에서 찬란한 문화의 꽃을 피웠기 때문이리라.

백제의 역사를 조금만 뒤로하면 청주는 350여 년간 통일신라의 땅이었다. 백제는 청주를 상당현으로 불렀고 통일신라는 서원경으로 불렀다. 그런데 서원경의 역사를 기억하는 사람은 많지 않다. 이렇다 할 흔적들이 남아있지 않다 보니 역사의 흔적으로만 가끔씩 회자될 뿐, 세월의 흐름 속에 서원경의 역사도 우리의 기억에서 멀어져 갔다. 땅속에서 기와 조각이라도 나오면 그때서야 서원경의 기억들을 잠시나마 떠올린다.

우리에겐 여전히 낯설게만 느껴지는 서원경, 어떤 도시였을까? 당시 금성(지금의 경주)이 수도였던 신라는 삼국을 통일한 후 수도 이전을 계획했으나 여의치 않자 지방에 5소경을 두었다. 김해의 금관경, 남원의 남원경, 청주의 서원경, 충주의 중원경, 원주의 북원경이 바로 그것이다. 7세기 후반 당나라를 몰아내고 삼국을 통일한 신라는 청주의 가치에 주목했다. 오래전부터 백제의 군사적 요충지였던 곳, 사방으로 뻗은 물길과 산길의 갈래 길이 시작되는 곳, 청주는 서해안에서 당唐나라로 가는 길목이자 백제의 옛 수도 웅진과 사비를 효과적으로 견제할 수 있는 요충지였다. 언제든지 당나라가 다시 쳐들어올 수 있고 고구려와 백제의 유민들이 부응을 꿈꾸던 시절, 신라는 이곳에 서원경을 세웠다. 그리고 경주의 진골 귀족과 군인들을 이주시켜 안정적으로 나라를 통치해 나갔다.

350년이라는 짧지 않은 세월에도 불구하고 청주에서 통일신라의 흔적은 찾아보기 힘들다. 통일신라가 패망하고 고려가 이 땅을 차지할 때까지 권력 쟁탈전이 끊이지 않았던 탓도 있겠지만, 고려와 조선을 거치면서 끊임없이 발생한 내우외환의 역사도 통일신라의 흔적을 지우는데 한몫했을 것이다. 그리고 같은 공간 속에서 시대를 달리하며 살아온 우리 조상들도 삶의 터전을 부수고 또 세우며 끝없이 변화를 추구해 왔다. 비록 번듯한 형태의 유적이나 유물은 없지만 화려했던 통일신라의 문화는 청주에 깊숙이 뿌리를 내리고 있다. 서원이라는 명칭은 지금의 서원구청이나 서원대학교 등의 이름으로 남아있고, 지혜와 광명의 화엄 신앙은 용암사와 동화사, 정하동에 비로자나불로 모셔져 있다. 역사의 궤적軌跡은 몰라도 서원이란 이름이 낯설지 않은 것은 통일신라의 오랜 문화가 우리 곁에 녹아있기 때문이다.

잊혀진 역사는 우연찮게 그 모습을 드러내기도 한다. 1933년 일본 동대사라는 절에서 서원경을 기록한 통일신라 촌락 문서가 발견됐다. 이 문서는 신라가 서원경을 비롯한 주변의 촌락들을 삼 년 단위로 조사하여 기록한 문서인데, 촌의 명칭과 크기, 인구수, 소와 말의 수, 논밭의 크기, 나무의 수 등이 자세하게 기록되어 있어 당시 촌락의 생활 모습을 엿볼 수 있다. 천년의 세월이 흘러 우연히 발견된 이 문서가 기억 속에 잊혀져간 서원경의 옛 모습을 퍼즐처럼 맞춰 주고 있다.

도시의 이곳저곳에 파편처럼 흩어져 있는 서원경의 흔적들, 잠시 시간을 뒤로 돌려 공간적 기억으로 청주를 들여다보면 역사의 강물은 거세게 흘러왔다. 그리고 시대를 불문하고 내일이 불안한 사람들이 이 땅에 모여서 뿌리를 내리고 살았다. 하루가 다르게 변해가는 시간의 흐름 속에서 백 년 뒤 청주는 어떤 모습을 하고 있을까? 청주의 옛 도시 서원경을 따라가며 미래의 시간들을 더듬어 본다.

간절함

창문 너머로 보이는 별 하나가 유난히 밝다. 큰아들 방문을 열어보니 곤히 잠이 들었다. 오늘도 취업 공부를 하다가 잠이 든 모양이다. 얼마 전부터는 잠이 오질 않는다며 차를 끓여 달라고 해서 아침에 일어나 제일 먼저 하는 일이 국화차 끓이는 일이 되었다. 시험이라는 강박관념이 가져다주는 부작용인 듯하다. 취업 시험을 준비하면서 몸도 마음도 지칠 대로 지쳐있는 큰아들을 보면 코끝이 찡하다. 꿈을 찾아가는 길, 포기하지 않고 걸어가고 있으니 그저 바라만 볼 뿐이다.

삼십년 전 어머니가 그랬던 것처럼 오늘은 내가 잠든 아들의 손을 잡고 속삭여 본다. 인생은 아픔도 고단함도 견디며 사는 것, 그것들이 모이고 모여서 너의 삶이 된단다. 추운 겨울 마디마디의 아픔을 이겨낸 꽃의 향기가 멀리 가듯이 닥쳐오는 아픔과 고단함을 애써 외면하지 말거라. 어느 시인의 말처럼 구부러진 길 울퉁불퉁 살아온 삶도 소중한 것이니 사사로운 일에 상처를 받거나 눈물 흘리지 않았으면 좋겠다.

구부러진 길은 산을 품고 마음을 품고
구불구불 간다.
그 구부러진 길처럼 살아온 사람이 나는 또한 좋다.
반듯한 길 쉽게 살아온 사람보다
흙투성이 감자처럼 울퉁불퉁 살아온 사람의
구불구불 구부러진 삶이 좋다.
구부러진 주름살에 가족을 품고 이웃을 품고 가는
구부러진 길 같은 사람이 좋다.

(이준관, 구부러진 길)

꽃을 찾는 나비들도 팔랑대며 하늘을 날고, 낮은 곳을 찾아 흐르는 시냇물도 굽이굽이 마을 모퉁이를 돌아서 강으로 흐른다. 이렇듯 자연은 언제나 곡선이었다. 쉽고 빨리 가기위해 만들어 놓은 직선의 길 위에서 우리가 만난 건 늘 상처뿐이었다. 너도 일상 속에서 자연의 곡선과 여백의 넉넉함을 닮아가는 삶을 살았으면 좋겠다. 곡선의 삶을 살아온 사람들에게는 고비마다 넘어온 그들만의 지혜와 이야기가 있단다.

살다보면 의지와 상관없이 흔들릴 때가 있다. 가끔씩은 태풍을 만난 것처럼 몸을 가누기 힘든 순간들도 있다. 이런 위기의 순간에 늘 나를 일으켜 세워주는 것은 최선을 다한 노력과 간절함이란다. 어떤 사람은 내가 나를 감동시킬 만큼의 노력을 했을 때 비로소 최선을 다 한 거라고 했다. 지금 걸어가는 그 길이 너의 삶이고 그 속에서 얻게 되는 것들이 너의 인생이란다. 진인사대천명盡人事待天命이라고 했다. 많이 안다고 자만하지 말고 부족하다고 원망하지 말거라.

어지러운 세상에서 역사를 바꾼 사람들의 선택은 언제나 간절함이었다. 간절하다는 것은 욕망을 버리고 집착을 버리는 것. 그리고 무아의 세계에서 나를 돌아보는 것. 간절함이 크면 클수록 꿈은 희망이 되고 현실이 된단다. 이 순간 너에게 필요한 것도 간절함이 아닐까? 세상은 넓고 길은 많다. 지금의 시간들이 너에게 최선이면 좋겠다.

삼십년 전 어머니는 장독대에 정화수井華水 떠놓고서 무슨 소원을 빌었을까. 지쳐서 잠든 큰 아들을 보면서 왜 내가 떨리고 불안한 걸까. 자꾸만 눈물이 나는 건 또 무슨 이유일까. 그 때 어머니의 마음도 지금 내 마음 같지 않았을까?

* 정화수井華水 : 소원을 빌기 위해 새벽 일찍 떠놓는 맑고 깨끗한 물

의암 손병희

떠나가는 봄을 배웅이라도 하려는 듯 비가 내린다. 사람 하나 없는 유허지가 적막하다. 저 멀리 홍살문 사이로 보이는 의암義庵 손병희孫秉熙 동상, 민족 대표의 동상답게 기개가 넘친다. 왼손은 가슴에 얹고 오른손에는 독립선언문을 들고 서있는 모습이 조국의 독립을 향한 꿋꿋한 절개 그 자체였다. 산처럼 큰 뜻을 품고 풍운아처럼 살다 가신 손병희, 그는 누구였던가?

1861년 봄, 손병희는 북이면 금암리에서 향리 출신 손두흥과 둘째부인 경주 최씨 사이에서 태어났다. 당시 사회는 세도정치로 삼정三政의 문란이 극심했고, 잦은 민란으로 왕조의 몰락이 서서히 다가오고 있던 어두운 시대였다. 신분 차별이 심했던 가족제도 하에서 그는 서자庶子라는 이유로 어린 시절 천대와 수모를 한 몸에 받으며 자랐다. 집안이 가난하여 교육을 받지는 못했으나 성품이 강직했고 의협심이 강했다.

손병희 나이 스물두 살 되던 해, 조카인 손천민의 권유로 동학에 입도入道했다. 그 후 동학의 2대 교주 최시형을 만나 종교적 수양을 닦으며 동학을 이끌어갈 역량을 키웠다. 그 당시 동학은 사람이 곧 하늘이라는 인내천 사상과 반봉건적 폐정 개혁을 주장하여 많은 사람들에게 호응을 얻고 있었다. 1894년 조병갑의 학정虐政에 항거한 고부궐기 이후, 항일 투쟁을 위해 일어난 2차 봉기는 북접 동학군 총지휘자로서 전봉준과 힘을 합쳐 일본군에 맞서 싸웠다. 그러나 공주의 우금치에서 무참히 무너지고 말았다. 이 전투의 패배로 동학은 존립이 위태로워졌고 최시형이 관군에게 체포되어 처형당하자 손병희는 3대 교주가 되어 동학을 이끌었다.

우금치 전투에서 선진 문물의 힘을 뼈저리게 느낀 손병희는 일본의 근대화를 직접 눈으로 보기위해 망명길에 올랐다. 망명생활 중 백성들의 민족혼을 깨우고 독립정신을 함양시키는데 중요한 것은 교육임을 깨닫고 귀국 후 지금의 고려대학교인 보성학교와 동덕여고 등 여러 학교를 인수, 운영하면서 계몽 중심의 독립운동을 펼쳐나갔다. 그리고 동학의 무력 항쟁에서 벗어나 평화적, 비폭력적 투쟁 방법을 선택했다. 교단 내에 친일

세력인 일진회가 독버섯처럼 번지자 동학의 이름을 천도교로 바꾸고 일진회에 가담했던 교도 육십여 명을 축출하여 혼란을 수습했다.

1918년, 1차 세계대전이 끝나고 국제정세가 독립운동에 유리하게 전개되자 이듬해 일본 유학생들이 2 · 8독립선언서를 발표했다. 서울에서도 3 · 1운동을 준비하고 있었다. 손병희는 불교, 기독교의 대표들과 독립운동의 구체적 방안을 논의해 나갔고 지역의 학생들도 소리 없이 시위를 준비하고 있었다. 3 · 1운동이 일어나기 사흘 전 저녁, 천도교의 인쇄소 보성사에서는 아주 은밀한 문서가 인쇄되고 있었다. 독립선언문이었다. 이때 일본 형사가 문을 열고 들어섰다. 독립선언과 만세 운동이 좌절될 뻔한 순간이었다. 선생은 형사에게 무릎을 꿇고 간절하게 애원했다. "자네도 조선 사람 아닌가! 며칠만 눈감아 주시게" 선생의 간곡한 마음이 통했는지 형사는 눈을 지그시 감더니 밖으로 나가버렸다.

1919년 3월 1일, 민족 대표 33인은 태화관에 모여 독립선언문을 낭독하고 만세 삼창을 외쳤다. 그리고 일본 경찰에 연락하여 자진 피체被逮되었다. 이들이 점화한 3 · 1운동은 전국에서 들불처럼 일어났고 중국, 러시아, 미국 등 한국인이 살고 있는 세계 곳곳으로 급속히 퍼져나갔다. 경찰에 연행된 선생은 징역 2년의 옥고를 치르다 뇌출혈로 출옥하였으나 병마를 이기지 못하고 예순둘의 나이로 순국해 서울 우이동 언덕에서 민족의 독립을 지켜봐야만 했다.

우리나라 헌법 전문에 "유구한 역사와 전통에 빛나는 대한민국은 3 · 1운동으로 건립된 대한민국 임시정부의 법통과 불의에 항거한 4 · 19 민주이념을 계승한다."라고 적혀 있다. 3 · 1운동은 1차 세계대전 이후 승전국의 식민지에서 최초로 일어난 평화적 만세 운동이었다. 그 운동을 주도했던 사람이 바로 손병희였다. 사람들은 우리나라 독립운동의 정신적 지주를 김구 선생이라고 말한다. 그러나 한일 합방으로 나라를 잃고 대한민국 임시정부가 탄생할 때까지 나라 없는 백성을 이끈 사람은 손병희였다. 그가 없었더라면 3 · 1운동도 임시정부도 없었을지 모른다.

격동기를 살다간 많은 개혁사상가들이 그랬듯이 손병희도 평생 은신과 망명, 패배와 극복으로 점철된 삶을 살았다. 되돌아 볼 때 역사적 인물에 대한 평가는 늘 공정했던 것만은 아니다. 실제보다 과대포장 되기도 하고 축소 왜곡되기도 했다. 아마도 손병희 선생은 후자에 속하지 않을까? 올해는 3 · 1운동

100주년이 되는 해이다. 민족주의의 선봉에서서 때로는 혁명가로, 때로는 사상가요 독립운동가로 뜨겁게 살았던 그의 삶을 다시한번 가슴에 새겨 본다. (2019. 5.)

* 삼정三政 : 조선시대 국가 재정의 3대 요소인 전정田政, 군정軍政, 환정還政

소박한 진리

가끔씩은 일상에서 벗어나고 싶을 때가 있다. 잠시나마 도심 속 삶의 법칙에서 벗어나 자연이 있고 사람들의 이야기가 있는 곳이 그리워진다. 그럴 때마다 나는 절을 자주 찾는다. 절에 들러 스님과 주고받는 이야기가 나에게는 또 다른 사색의 시간이다. 오늘도 낙가산을 등산하고 내려오는 길에 보살사에 들렀다. 주변은 개발의 여파에 몸살을 앓고 있는데 절 만은 옛 모습 그대로를 간직하고 있다. 도시를 지척에 두고도 변함없이 산사의 낭만을 지켜주고 있으니 고맙기만 하다.

주차장 모퉁이에 차례로 줄을 서서 약수를 받는 사람들, 삼삼오오 짝을 지어 산을 오르는 사람들의 모습이 한가롭다. 야트막한 돌담길을 따라 걸어 오르니 인고의 세월을 견뎌낸 오층석탑과 사람들의 숱한 이야기를 품은 극락보전이 소박하게 자리를 잡고 서있다. 절은 옛날 친구들과 뛰어놀던 모습 그대로인데 변한 건 세파에 휘둘려 둘 곳을 모르는 내 마음뿐이다. 탐욕에 눈멀어 얼마나 많은 사람들에게 상처를 주었던가. 스스로에게는 관대하면서도 상대방에게는 차갑고 냉정한 잣대로 아픔을 주었던 지난날들이 먹먹하기만 하다. 철없던 시절 이곳에서 손잡고 뛰어놀던 코흘리개 친구들은 어디서 사는지, 뭘 하면서 사는지 오늘따라 그립고 보고 싶어진다.

절 마당에서 만난 스님이 보살사의 자랑 한 가지를 들려주셨다. 부처님의 진신사리眞身舍利가 이곳 보살사 오층 석탑에 모셔져 있는데 세상 사람들은 잘 모른다고 했다. 예나 지금이나 탑은 숭배의 대상이었다. 2,500년 전 부처님이 열반涅槃에 드셨을 때 나왔다는 진신사리가 이곳 보살사에 모셔져 있다니 부처님의 큰 뜻은 참으로 깊고도 넓기만 하다. 이곳에는 또 하나의 자랑거리가 있다. 올해로 속세 나이 아흔두 살, 한국 불교 최고의 어른이신 종산 스님이 바로 그 주인공이다. 종산 스님과 나의 인연은 삼십 년 전으로 거슬러 오른다. 대학 시험에 떨어지던 해, 방황 끝에 우연히 이 절을 들렀는데 차 한 잔을 건네며 따뜻하게 말을 걸어주신 분이었다.

어느 날 스님께서 말씀하셨다. "자신의 허물을 먼저 볼 줄 알아야지, 남의 허물을 먼저 보고 자신의 허물을 나중에 보니 세상 시비가 끊이지 않는다"라고…. 집착을 버리고 자신을 비우라는 말씀인 것 같은데 요즈음을 사는 우리가 지녀야 할 덕목인 듯하다. 비운다는 것은 즐거운 일이다. 새로운 기쁨에 눈을 뜰 수 있기 때문이다. 마음속의 탐욕을 비우면 그 자리에 자비가 자라고, 분노를 비우면 사랑이 자란다. 새봄에 나무들이 순을 피우는 것도 지난겨울 자신을 비우고 인고의 세월을 견뎌낸 자연의 선물 아니던가.

지금은 연로하셔서 사람 만나는 일조차 힘들어하시지만 스님께서 의과 대학을 졸업하던 그 해 친구의 죽음으로 잠시 들렀던 절, 그 인연으로 육십여 년 부처의 길을 걸어오셨다. 출가 후에도 한곳에 머물지 않고 구름처럼 떠돌며 오래도록 마음공부를 하셨다. 조계종 원로회의 의장직을 수행하러 서울에 가는 날이면 버스와 지하철을 이용했고 공양은 언제나 보살사 공양주가 만들어준 도시락이 전부였다. 스님께서는 비워야 채울 수 있다는 아주 소박한 진리를 일생 동안 몸으로 실천하셨다.

메마른 이 땅에 태어나 의대생의 길을 마다하고 사부대중四部大衆과 함께했던 스님의 삶은 보리수 아래 싯다르타보다 번뇌가 적지 않은 인생이었다. 차 한 잔에 마음을 비우고 산문을 나

서니 산승은 산에서 살아야 제격이라던 노선사의 사자후가 낙가산에 메아리친다. (2016. 4)

* 종산스님께서는 속세 96세의 나이로 금년(2020년) 6월 입적入寂하셨다.

연인처럼

한 장 남은 달력이 건조해 보입니다. 집을 나선 출근길에는 찬바람만 스산하게 일렁이고 있습니다. 두꺼운 외투 속에 가려진 상실감을 애써 외면한 채 나는 이렇게 또 한 해를 보내고 있습니다.

올해는 가장 나답게 살아보겠다고 다짐했었는데 그렇게 살아온 기억들은 어디에도 없습니다. 길 위에 벌거벗고 서 있는 가로수의 풍경들이 내 모습인 것 같아 살며시 다가가 보지만 그들마저도 나를 외면하고 있습니다. 올해는 나답게 살지 못한 것이 분명 한가 봅니다. 말로는 비워야겠다고 수없이 다짐하면서도 정작 나는 나를 비우는 일에 충실하지 못했던 것 같습니다. 어쩌면, 비우는 것이 두려워 더 많이 채우려고 발버둥 치며 살았는지도 모릅니다. 그나마 다행인 것은 고독을 친구 삼아 글을 쓸 수 있었다는 것. 그리고 당신을 더 많이 사랑하게 되었다는 것. 이것이 나에게는 기쁨이고 위안입니다.

그런데 이상한 일입니다. 사랑을 하면 할수록 더 사랑하고 싶은 욕망들이 가슴 깊은 곳에서 솟구쳐 오릅니다. 조건 없는 사랑만이 진정한 사랑이라 믿고 살았던 지난날의 기억들은 어디론가 사라지고 언제부턴가 나는 또 다른 사랑을 당신께 원하고 있었습니다. 같은 곳을 바라보는 사랑. 같은 꿈을 꾸고 싶은 사랑. 예전에는 미처 몰랐습니다. 사랑도 구속을 전제로 한다는 것을….

지랄맞다고 하셨나요? 주장이 강한 또 다른 표현을 그렇게 하신 거라면 나는 분명히 지랄맞은 사람입니다. 아무에게나 그런 것은 아닙니다. 같은 곳을 바라보며 오래도록 함께 가야 할 사람에게만 그렇습니다. 생각이 같아야 한다고 믿기 때문입니다. 내가 지랄맞은 사람이라는 걸 당신이 아셨다면 당신은 나에게 그런 존재입니다.

다름을 인정하라 하셨나요? 생각이 달라서 생기는 행동의 다름은 어떻게 할까요. 그 때문에 주고받아야 하는 아픔은 또 어떻게 할까요. 당신이 주는 아픔 싫지는 않지만 언제부턴가 아픈 사랑은 사랑이 아니라는 것을 알았습니다. 서로의 말에 귀 기울여 주는 것, 공감하고 배려하면서 함께 맞추어 가는 것. 그것이 우리가 원하는 사랑 아니었나요? 시간이 지날수록 깊은 맛을 내는 묵은지 같은 사랑, 오래전부터 당신께 드리고 싶었던 사랑입니다.

한겨울 벌판에서 불어오는 바람 같은 사람이라고 하셨나요? 그 바람은 당신에게만 부는 바람이 아니었습니다. 설한풍雪寒風에 흔들리는 텅 빈 나무의 가지처럼 때로는 나도 그 바람을 맞으며 심한 몸살을 앓을 때가 있었습니다. 깊은 산속, 누군가를 기다리며 홀로 서있는 설목처럼 겨울밤 잠 못 들며 당신을 그리워하던 수많은 날들이 있었습니다. 지금 불고 있는 혹한의 바람도 결국은 세월의 흐름 속에 묻히고 만다는 것을 우리는 또 얼마나 많은 시간이 흐른 후에야 알게 될까요.

눈 내리는 창문 밖 앙상한 나뭇가지 사이로 빨갛게 매달려 있는 산수유를 보았습니다. 매서운 한파 속에서도 산수유가 저렇게 살아갈 수 있는 건 새봄을 기다리는 희망이 있기 때문입니다. 당신은 오랜 세월 내 곁을 지켜준 사람입니다. 따뜻한 말 한마디 건네주는 그 입술이 좋았고, 밤하늘의 샛별처럼 초롱거리는 그 눈빛이 좋았습니다.

언제부턴가 나는 당신의 눈빛을 가슴 가득 담고 살았습니다. 당신이 보고 싶은 날이면 길거리에 버려진 빈 깡통처럼 쓸쓸함과 외로움이 내 몸속을 파고들었습니다. 켜켜이 쌓인 당신과의 추억은 내 삶에 또 하나의 든든한 디딤돌이었습니다. 가려서 볼 줄 알고 새겨서 들을 줄 아는 나이가 되었는데도 아직도 나는 크고 있는 나무인가 봅니다.

항상 이맘때면 끝과 시작의 또 다른 갈림길에서 설렘과 기대로 가득 차 있습니다. 새해에는 연인같이, 친구같이 당신 곁에 머물겠습니다. 가끔씩은 이어폰 나누어 끼고 팝송을 들으며 우리가 걸었던 그 길을 다시 걷고 싶습니다.

* 설한풍雪寒風 : 눈이 내릴 때 휘몰아치는 차가운 바람

작품 해설

의식을 깨우는 무심천 새벽길

수필가 김홍은(충북대학교 명예교수)

1. 김 작가의 인생관

사람이 젊어서 깨닫기란 쉽지가 않다. 배운다는 것은 자신을 아는 길이며 앞으로 어떻게 인생을 살아갈 것인가의 깨달음이다. 깨우친다는 것은 모르는 것을 알고 그릇된 것을 바르게 함이다. 또한 자신의 실행이 바르게 사는 길인가도 깨달아 인생의 사고력을 넓힘이기도 하다. 인생은 짧고 예술은 길다하지 않았던가. 심리학자 칼알 륭은 '자신의 마음을 들여다 볼 수 있을 때만이 시야가 명확해진다. 바깥을 보는 자는 꿈을 꾸는 것이고, 내면을 보는 자는 깨어있는 것이다'라고 하였다. 내면을 깨달아 바르고 값지게 살아갈 수 있다면 더 이상 바랄게 무엇이 있을까. 앞만 보고 달릴줄 알지 자신을 뒤돌아보며 내면을 느끼기란 쉽지가 않다. 가끔은 소크라테스가 말한 '너 자신을 알라'는 말을 기억하고 싶을 때가 있다.

1) 작가의 길을 향하여

김 작가는 끊임없이 노력하는 침묵의 소유자다. 한때 도서관에 근무하면서 책들과 대화를 나누다 문득 깨닫게 되었다. 자신도 작가의 꿈을 이루고 싶다는 것을. 그는 꿈을 실현하기 위해 퇴근 후 대학의 평생교육원 수필창작 강의를 수강하였다. 자신을 성장시키기 위해 아집을 버리고 인내와 자성으로 3년간 강의를 들으며 작품을 쓰고 발표하며 합평을 거쳐 수필가로 인정을 받아 등단하였다. 등단 작품은 〈교육을 마치며〉와 〈철없던 남편〉이다. 〈교육을 마치며〉는 자치연수원에서 '음악이 있는 삶'이라는 교육을 수강하던 중 세계적인 비올리스트 용재 오닐이 연주한 섬 집 아기의 영상을 보며 그 옛날 어머니도 그런 삶을 사셨다는 회상이다. 〈철없던 남편〉은 아내의 생일을 잊고 있었는데, 딸이 생일선물 사온 것을 보고 그제서야 기억하며 결혼한 지 30년의 지난날을 회상하는 내용이다. 김 작가는 "글 속에는 정이 담겨져 있어야 한다"며 "선한 눈으로 세상을 보고 내면을 깊고 넓게 다듬어 사람 냄새 나는 글을 쓰겠다"고 말했다.

2) 나다운 공직생활

김 작가는 덕인德人이다. 아내의 권유로 20대에 공직의 길에 들어선 그는 불혹이 지나 지천명에 이르기까지 성실하고 묵묵

한 공무원, 실천하는 공직자라는 평을 받고 있다. 청주시 총무과, 자치행정과, 공보관실 등에 근무하면서 지역발전을 위해 많은 일을 추진해왔다. 문화산업팀장으로 근무할 때는 시민들이 폭넓게 문화를 향유할 수 있도록 불 꺼진 옛 연초 공장을 문화의 숨결이 살아있는 공간으로 만드는데 책임자로서 또는 시민의 한 사람으로서 열정을 쏟았다. 현재는 오창읍장으로 근무하면서 지역 주민들과 함께 행복한 오창을 만들어 가는데 최선을 다하고 있다. 그는 사심私心과 탐심貪心이 없는 사람이다. 읍민을 내 가족처럼 생각하고 인의예지仁義禮智를 지키려 노력하는 행정관이다. 매사每事에 겸손한 자세로 생활하는 인품은 장래 청주시 문화예술행정을 발전시켜 행복한 사회로 이룩해 놓을 인물임이 틀림없다.

2. 작가의 수필관

김 작가의 첫 수필집 『새벽을 사랑하는 남자』는 1부 〈아버지의 눈물〉 2부 〈무심천의 새벽〉 3부 〈철없던 남편〉 4부 〈안심사 가는 길〉 5부 〈연인처럼〉 로 나누어져 있으며 정감 있는 서정성과 진솔하면서도 꾸밈없는 소박함이 독자의 마음을 편안하게 이끌고 있다.

김 작가의 수필을 읽다보면 가을 밤 창공에 높이 떠있는 달을 바라보는 느낌이다. 그의 작품은 어느 때는 초저녁의 가냘픈 초승달이 되었다가, 어느 때는 둥근 보름달이 되어 그리운 추억에 젖게 하기도 하고, 때로는 삼경에 쓸쓸히 떠있는 그믐달의 마음으로 알 수 없는 감정을 가득 담게 만들기도 한다. 작품을 읽고 나면 남는 게 없는 듯하면서도 어느새 기억에 남고, 책장을 덮고 싶다가도 다시 펴서 읽게 되는 은근한 감성에 빠져들게 한다.

『새벽을 사랑하는 남자』 수필집의 1부와 2부에 수록된 작품을 읽어 보았다. 서정성이 뛰어나고 진솔한 표현들이 잔잔한 감동을 주었다. 문장에는 인생의 정신이 담겨져 있고, 보이지 않는 생각을 마음으로 느끼게 하고 있으며 사물을 통찰한 언어의 노래로 들려준다. 때로는 회상을 통하여 사유하는 삶의 이야기로 오감의 표현을 심미적 인정의 품격으로 자아내었다.

1) 진솔한 고백의 감동

우리 가족이 처음 자리를 잡은 곳은 수동 달동네 조그마한 판잣집이었다. 어머니는 절에 가서 하루 종일 일을 하셨고 아버지는 연초 공장을 다니셨다. 가끔씩은 아버지가 오징어 한 짝을 들고 집에 오는 날이 있었다. 어머니가 웬 거냐고 물으면 아버지는 씁쓸한 표정으로 이번 달 월급이라며 건네시던 모습이 낡은 내 기억 속에 아직도 남아 있다.

〈아버지의 눈물〉에서

김 작가는 가난한 가정에서 성장했음을 알 수 있다. 수동 달동네의 조그만 판잣집이란 표현은 5,60년대 청주의 우암산 기슭에 사는 빈민촌의 연상으로 높은 지점에 위치해 있어 달이 잘 보인다는 뜻으로 가난함의 은유적 상징 표현이다. 가난한 이주민들이 주로 거주했던 달동네는 값이 싼 주거지로 도시생활의 정착지였다고 볼 수 있다. 어머니는 절에 가서 일을 하셨고, 아버지는 연초 공장에 다니셨다고 함에서 가정형편의 어려움을 짐작할 수 있다. 종교를 믿기 위함이 아닌 가족의 생계를 유지하려고 공양주 노릇을 한 어머니. 아버지 역시 남들이 부러워하는 넉넉한 직책은 아니었을 것 같다. 봉급을 받은 날은 그래도 가족들을 위해 오징어 한 짝을 사들고 오는 초라한 가장이지만, 최선을 다하는 아버지의 처심淒心이 그려진다. 떳떳하게 소고기 한 근을 못 사들고 오는 가장의 가련한 심정이 묻어나고 있다. 그래도 화목한 가정으로 이끌려는 가장으로서의 행함이 수 십 년이 지났지만 낡은 기억에 아들은 아직도 가난하게 살았던 그 시절 아버지의 애틋한 정이 남아 인생 삶의 교훈이 되었음을 상상하게 하여주고 있다.

> 한밤중에 잠에서 깨어보면 무슨 생각을 하시는지 아버지는 마당 귀퉁이에서 담배를 물고 오래도록 서 계셨다. 행여, 약주라도 드시는 날이면 온 가족은 비상이었다. 저 멀리서 비틀거리며 걸어오시는 아버지의 모습은 세상을 모두 잃고 삶의 의욕마저 잃어버린 사람 같았다. "이 풍진세상을 만났으니 너의 희망이 무엇이냐, 부귀와 영화를 누렸으면 희망이 족할까." 집에 와서도 아버지는 밤새도록 이 노래를 부르다가 잠이 드셨다.
>
> 〈아버지의 눈물〉에서

아버지는 한밤중에 잠에서 깨어나 무슨 생각을 하셨을까. 마당 귀퉁이에서 담배를 물고 오래도록 서계셨던 것도 자식들을 위해 부모답게 살려고 하는 고심이셨을 것이다. 그러나 아버지의 능력으로서는 가정을 위함이 겨우 이것이 한계이었음에 괴로워 하셨으리라. '이 풍진風塵 세상 너의 희망이 무엇이냐'는 비록 노래이긴 하지만 아버지에게는 한恨의 의미를 담은 노래이었을 것이다. 가난함과 못 배움의 한, 직장에서 상사와 동료로부터 천대 받는 슬픔들이 담겨져 있음을 은연중에 술과 함께 그 심정을 털어 놓음이 아니었을까. 이 아픔을 그 누가 알랴. '부귀와 영화를 누렸으면 희망이 족할까'당신들이 아무리 부귀영화를 누렷다한들 그래도 만족함을 채우지 못할 것이다. 나를 가난하고, 못 배웠다고 천시하지만 당신들은 나만큼 행복하겠는가라고 가슴에 담겨있는 심정을 당당하게 부르시지 않으셨을까.

> 정년퇴임하시던 날, 어머니를 모시고 연초공장을 찾았다. 다른 분들은 훈장을 받아들고 기뻐하는데 기능공이었던 아버지는 하회탈 하나를 선물로 받았다. 상장 하나 받지 못하는 아버지를 위해 청장님께서 특별히 마련해 주신 선물이었다. 아버지가 퇴직하신지 이십여 년이 지났지만 하회탈은 이사할 때마다 제일 먼저 챙기는 내 삶의 가보가 되었다. 그 속에는 아버지의 젊음이 있고 뜨겁게 살아오신 인생이 담겨져 있기에….
>
> 〈아버지의 눈물〉에서

비록 말단 공직생활이지만, 기능공이었던 아버지의 정년퇴임식에 참가하는 아들에게는 누구보다도 자랑스러운 부모님이었을 것이다. 다른 사람은 훈장을 받았지만 정작 나의 아버지는 상장을 받지 못함을 부끄럼 없이 솔직하게 고백하고 있다. 초라하고 부족한 내 아버지를 당당하게 표현하는 마음이 더없이 고결하게 느껴온다. 상장을 받지 못하는 퇴직자를 위해 청장님이 특별히 선물로 마련해 주신 하회탈. 하회탈은 아버지의 젊음과 정열로 살아오신 인생이 담겨져 있기에 화자의 삶에 가보가 되었다고 하였다. 직장에서 늘 기죽어 살아오셨을 아버지. 김 작가에게 하회탈은 서글픈 고통의 눈물과 인생의 한이 숨어 있는 아버지가 남겨주신 뼈저린 가훈이었을 것이다. 이십년의 세월이 지났지만, 이사할적마다 제일먼저 챙기는 마음에서 아버지에 대한 효심이 그려져 온다.

2) 공명公明의 사명감

김 작가의 글에는 공직자로서의 사명감이 문장 곳곳에서 묻어나고 있다. 공무원으로서 노력하는 자세와 맡은 바 자리에서 최선을 다하려는 모습이 그려진다. 〈작은 영웅들〉 〈자리가 뭐 길래〉 〈50대의 자화상〉의 수필작품에서 핵심의 문장을 뽑아 보았다. 정직하고 순수한 문장에 사족이 될까 더 이상 무슨 말을 덧붙일 필요가 없었다.

> 내가 근무하고 있는 도서관의 하루는 분주하다. 이른 아침부터 밤늦게까지 책을 보려는 사람들로 가득 차 있다. 어린 학생부터 취업 준비생, 젊은 직장인에 이르기까지 도서관을 찾는 사람들의 모습은 다양하다. 우리나라의 미래를 열어갈 작은 영웅들이다. 그들은 이곳에서 치열하게 경쟁하고 때로는 좌절하면서 스스로를 키워가고 있다. 아프지 않

은 삶이 어디 있으랴. 그 순간들을 견디고 일어서야 더 큰 미래의 꿈을 키울 수 있지 않을까? 오늘부터라도 그들을 조용히 응원해야겠다. 책과 함께 춤추고 노래하며 더 높이 날아오를 수 있도록….

〈작은 영웅들〉에서

산사의 새벽종소리를 들으며 꼬박 일 년을 준비한 끝에 공직에 들어올 수 있었다. 벌써 삼십 년 전의 일이다. 며칠 전 인사발령으로 자리를 옮겼다. 새로운 자리는 언제나 설레고 가슴 뛰는 일이다. 큰 욕심내지 않으리라. 공직의 가치와 내 삶의 품격을 지킬 수 있는 최소한의 자리가 되도록 노력할 것이다.

세상에 하찮은 자리는 없다. 부와 명예의 자리는 아니더라도 지금 내 자리의 존귀함을 알고 그 속에서 새로운 가치를 발견할 수 있어야 우리의 삶도 달라질 수 있지 않을까.

꽃이 피면 져야 하듯이 사람도 자리에 오르면 언젠가는 내려와야 한다. 그것이 자연의 이치고 순리다.

〈자리가 뭐 길래〉에서

아직도 나에게는 삶에 대한 철학이 없다. 세상을 대하는 나만의 결과 향이 있는 것도 아니다. 조금 더 솔직히 말하면 세상과 적당히 타협하면서 닥치는 대로 순간들을 살았을 뿐이다. 이제는 눈이 침침해져 책보기도 힘들고 총기가 흐려져서 잡아놓은 약속을 잊어버리기 일쑤다. 그런데도 가슴은 뛰고 있다. 더 늦기 전에 무언가를 해야만 하는 이유다.

열심히 산다는 건 좋은 과거를 만드는 일이고 희망찬 내일을 준비하는 일이다. 그리고 나이를 먹는다는 건 흐르는 물을 거슬러 오르는 것이 아니라 그 속에 나를 맡겨 함께 흘러가는 것이다.

〈50대의 자화상〉에서

3) 화목한 가정의 영상

상화하목上和下睦이란 말이있다. 윗사람이 온화하면 아랫사람은 화목해 진다고 한다. 부모는 항상 따사롭고 돈독한 사랑을 베푸는 마음이면 자식은 효도하며, 형은 아우에게 정과 사랑하는 마음이면 아우는 형을 공경하게 되어 그 가정은 자연히 화락해지게 마련이다. 인간이 살아가면서 화목은 어느 가정이나 지켜야할 예절이다. 고래古來부터 윗사람이 아랫사람에게 베푸는 사랑을 화和라하였고, 아랫사람이 윗사람을 공경하는 것을 목睦이라하여 이를 화목함으로 표현하였다. 중국 사마천이 쓴 사기열전史記列傳에도 화락하고 화목함에 이름을 민민목목旼旼睦

睦이라 하였다. 김 작가의 글을 읽다보면 자애롭고 우애로움에 상화하목, 민민목목의 화목함과 효심이 느껴진다.

집으로 돌아오는 길, 아버지께서는 두 동생을 지게에 태우고 말없이 노을 진 들녘 길을 터벅터벅 걸으셨다. 그때는 구수하고 정겹게만 들렸었던 아버지의 버들피리 소리. 세월이 흘러 생각하니 그 소리는 그냥 소리가 아니었다. 어린 나이에 학업을 포기하고 대가족을 건사하며 삶의 무게를 견뎌야 했던 가슴에서 들려오는 울림의 소리였다. 휘리릭~ 휘리리릭~ 물오른 강버들이 봄바람에 휘날리면 버들피리 꺾어 불며 아버지를 따라 들길을 걸었던 그 시절이 그리워진다.

〈버들피리 추억〉에서

아무도 모르게 어머니께서는 사후세계를 준비하고 계셨다.

정신이 없어지면 이것마저도 못하실까 봐 서둘러서 하신 건가, 자식들에게 짐이 될까봐 말씀조차 하지 않으셨던 건가. 큰 아들에게 이것을 보여주고 싶어서 여기에 오자고 했단 말인가. 억장이 무너져 내렸다. 이 나이 먹도록 나는 자식들 커 가는 것만 알았지 부모님 늙어 가는 것을 잊고 살았다. 보고 싶어 달려가면 언제나 내 곁에 계시는 분으로만 알았다.

〈어머니의 위패〉에서

바람에 날려간 꽃씨는 떨어지는 곳이 터전이란다. 비옥한 땅에 떨어질 수도 있고 거친 땅에 떨어질 수도 있지만 스스로 선택할 수는 없다. 어느 곳이든 땅에 떨어지면 최선을 다해 뿌리를 내리고 꽃을 피우려 하는 것이 그들의 습성이다. 하지만 성장하기에는 비옥한 땅이 유리한 것은 사실, 옥토에서 자란 꽃들은 줄기가 곧고 모양이 반듯하여 많은 사람들에게 사랑을 받지만 거친 땅에서 자란 꽃들은 성장의 아픔을 견디며 피기에 화사함도 향기로움도 적다. 그래서 눈길조차 받지 못하는 경우가 많이 있단다. 출발이 달랐으니 결과도 다를 수밖에….

〈아들에게〉에서

4) 불심佛心의 인성人性

사람은 누구나 태어날 때의 마음은 근본적으로 착하다고 한다. 그러나 살아가면서 착한 마음에 탐욕이 생기고 선한 마음은 사라지게 된단다. 종교의 근본은 착한 마음으로 살아가게 하기 위한 믿음이다. 우주만물을 사랑하는 마음으로 살아가는 사람은 행복해 보인다. 불교인들은 깨달으려는 마음, 깨달음의 지혜를 얻으려는 마음, 부처가 되고 싶어 하는 마음이 아닐까. 김 작가는 불심으로 살아가는 아름답고 착함이 사물을 바라보는 마음과 생각들로 바탕에 깔려 있다. 작품 속에는 늘 심사尋思하고 사색의 깊이가 독자의 마음을 이끌고 있다.

쌍사자석등을 뒤로하고 조금 더 걷다보면 대웅보전 법당 앞에 사천왕 석등이 무구無垢하게 서있다. 소박함이 묻어나는 이 석등은 간결하고 속됨이 없어서 좋다. 화사석을 넌지시 깔고 앉은 옥계석의 날렵함도 아름답다. 법당 앞에 조용히 어둠이 내리면 저 석등에 밝혀진 불빛들이 화창 밖으로 새어나와 댓돌 위에 가지런히 놓여있는 스님의 하얀 고무신을 은은하게 비췄겠지. 문틈 사이로 흘러나오는 스님의 낭랑한 독경소리는 삶에 지친 중생들의 어리석음을 환하게 밝혀주는 등불이 되었으리.

〈석등〉에서

생명을 품어 안고 무심히 흘러가는 저 냇물이 부처님의 경전이요, 해맑게 웃고 있는 이름 모를 저 꽃들이 부처님의 말씀이다. 고요를 가르며 조용히 들려오는 물소리, 바람소리가 부처님의 공덕이요, 그리움에 허기진 사람들을 말없이 위로하는 저 초록 벌판이 부처님의 극락세계다. 촉촉이 이슬 맺은 때 이른 메꽃도 잠을 잃고 서성이는 내 마음을 알았는지 혼잣말로 중얼거리는 기도 소리를 미소로 품어주고 향기로 전해준다. 이른 새벽 무심천 산책길이 나에게는 묵언 정진의 수행 길이다.

〈무심천 새벽〉에서

희망은 절망 끝에서 시작된다고 했다. 옛날 성인들이 그랬던 것처럼 벼랑 끝에서 나를 놓을 수 있는 용기, 속된 것을 버리고 자신을 돌아보는 일이야말로 참된 나를 찾아가는 길이 아닐까. 빼꼼히 열려있는 솟을 문을 따라가니 댓돌 위에 검정 털신 한 켤레가 그림같이 놓여있다. 저 안에서 스님은 어떤 깨달음을 구하고 계실까?

〈사성암에 올라〉에서

문인文人은 글을 쓰는 사람이다. 즉 글과 같은 사람으로 마음과 행실이 함께 하는 사람이다. 사심私心을 버리고 바른 마음으로 사물을 바라보고 생각하며 쓴 글은 물 흐르듯 거침이 없어 맑고 자연스럽다.

김 작가의 수필집에는 인간적인 울림이 있다. 사물을 통찰하고 관조와 사색이 자연스레 들어나 읽는 이의 마음을 움직이고 있다. 무엇보다도 순수하고 진솔함이 있어 잔잔하게 여울물 소리처럼 들려오고 있다. 체험으로부터 얻어낸 표현들이 의미화를 낳고 있어 은은한 수필 맛과 여운을 남겨준다. 공직 생활로부터 다져지고 닦여진 심성의 생각들이 감동으로 알게 모르게 삶의 지표로 일깨워주고 있다. 그의 수필은 불독독不讀讀, 애써 읽지 않았는데도 읽혀짐이 기억되었다.

새벽을 사랑하는 남자

초판인쇄 2020년 10월 27일
초판발행 2020년 11월 04일

지은이 김규섭

펴낸이 노용제
펴낸곳 정은출판
주 소 서울특별시 중구 창경궁로 1길 29(3F)
전 화 02-2272-9280
팩 스 02-2277-1350
이메일 rossjw@hanmail.net
ISBN 978-89-5824-418-9 (03810)

값 13,000원

· 잘못된 책은 바꾸어 드립니다.

* 이 책은 충북문화재단의 후원을 받아 제작되었습니다.